JD Alexander

Am Anfang das Ende

Reihe APOKALYPTICA

ISBN: 9798836928629

JD Alexander
c/o AutorenServices.de
Birkenallee 24
36037 Fulda

www.jdalexander@web.de

FÜR SEBASTIAN

INHALT

VORBEMERKUNG

Die nachfolgenden Geschichten
schildern in fünf apokalyptischen Szenarios den
Zusammenbruch unserer modernen Zivilisation.
Aus unterschiedlichen Erzählperspektiven
werden die dramatischen Ereignisse beleuchtet.
Meinungen und persönliche Positionen sind fiktiv,
Ähnlichkeiten mit realen Personen
rein zufällig.

JOURNAL №9

Meine blutigen Klamotten liegen zusammengeknüllt in der Ecke. Ich kann es mir nicht erlauben, sie wegzuwerfen. Außer diesen habe ich nur mehr jene, die ich am Leib trage. Die Jeans sieht gar nicht so mitgenommen aus, aber mein blaues Hemd vermittelt den Eindruck, als wäre damit der Boden eines Schlachthofs aufgewischt worden.

Wenn ich daran denke, wessen Blut das ist, sollte ich vielleicht ein schlechtes Gewissen haben. Aber es ist mir egal. Meine Hände zittern nicht einmal. Im Moment fürchte ich nur die einfallende Dämmerung, wenn die Sonne untergeht und ich zu wenig Licht habe, um weiterschreiben zu können. Davor habe ich Angst.

Ich weiß, dass es mir nicht gut geht. Das habe ich vor allem gemerkt, als ich heute Morgen an dem alten Wrack vorbeigekommen bin. Ich hätte das Auto fast übersehen, wenn mein Hund mich nicht darauf aufmerksam gemacht hätte.

Es muss bald nach dem Kollaps von der Fahrbahn abgekommen und den Abhang hinabgestürzt sein, denn alle Scheiben sind vollständig zersplittert. Die Karosserie ist eingehegt von brusthohen Grasbüscheln und Farnen und alle Sitzpolster sind bis zum blank gewetzten Gestell aufgerissen und von Wildtieren ausgeweidet worden. Eine Siebenschläfer-Familie hat sich darin wohnlich eingerichtet. Im Fußraum haben sich Unkrautinseln gebildet, die durch die Fußknochen der Toten wachsen. Es sind zwei Erwachsene und zwei kleine Kinder, eines davon noch im Kindersitz festgeschnallt. Sie sind restlos abgenagt und schon weit hineingesunken in die Ranken von Kletterpflanzen und Unkrautsträucher.

Normalerweise hätte mich der Anblick dieser Kinderleichen und der Wühlmaus, die sich im Torso der Dreijährigen ein Nest gebaut hat, in Panik versetzt. Ich hätte an Juri und Sandra gedacht, hätte die Familie oder wenigstens die Kinder am Waldrand bestattet und wäre weitergezogen. Das habe ich aber nicht getan. Ich habe bloß die wohl schon vor Jahren aus dem Wagen geschleuderten und fast zur Gänze in das Erdreich eingewachsenen Gepäckstücke durchsucht, eine Abwägung zwischen Last und Nutzen der gefundenen Sachen getroffen und meine Tour beendet.

Deshalb habe ich beschlossen, meine Aufzeichnungen fortzusetzen. Mir ist bewusst, dass mein Verstand nicht so arbeitet, wie er sollte. Aus diesem Grund habe ich auch damals angefangen alles aufzuschreiben. Ich bin überzeugt, dass mir das über die vergangenen Jahre gut geholfen hat. Es ist das mein neuntes Journal, das ich seit Beginn der Katastrophe schreibe.

Ich habe erst letzte Woche aufgehört zu schreiben. Ich war beschäftigt. Musste einen neuen Unterschlupf finden.

Als ich hier angekommen bin, habe ich dann nicht sofort weitergemacht. Meine alten Aufzeichnungen musste ich zurücklassen. Zum Teil waren daraus schon richtige Bücher geworden. Manche waren dicker als dieses dünne Heft, in das ich mir jetzt Notizen mache. Aber man ist heute schon zufrieden mit dem, was man kriegen kann.

Das Schreiben hilft mir weiterzumachen. Es ist für mich die einzige Möglichkeit, mit jemandem ins Gespräch zu kommen. Es ist außer mir niemand mehr da. Zumindest niemand, mit dem ich reden kann. Und zu besprechen habe ich viel. Ich weiß nur nicht, womit ich beginnen soll.

Ich stehe wieder ganz am Anfang… Dabei spüre ich irgendwie… ich glaube, es ist das Ende.

Es ist hier unten deutlich wärmer als oben am Berg, wo ich den Großteil der letzten neun Monate verbracht habe. Ich bin nicht mehr gewohnt, ohne Jacke hinauszugehen. Auch im Sommer nicht. Ich dürfte hier auf 1.200 Metern Seehöhe sitzen. In meinem neuen Quartier steht zwar ein Kachelofen im Wohnzimmer, aber den darf ich nicht anmachen. Aufsteigender Rauch aus dem Kamin ist zu gefährlich.

Wenn ich mir dieses Zimmer so ansehe, muss ich an jene Familien denken, die sich in den sozialen Medien harmonisch zusammenkuscheln und für einen Urlaub in einem Skigebiet bezahlte Werbung machen.

Vier Betten, zwei Toiletten, eine große Terrasse mit Panoramablick auf die Berge und eine Sauna neben dem kleinen, privaten Skikeller. Mensch, was willst du mehr?

Das Terrassengeländer habe ich heute Nacht mit Zimmertüren gesichert und die ehemalige Sauna wird mir gute

Dienste als Vorratsspeicher leisten. Ich weiß noch nicht, ob ich länger hierbleiben werde. Wahrscheinlich sollte ich weiterziehen, aber ich merke, wie ich die Entscheidung hinauszögere.

Von der Terrasse aus kann ich hinauf zum Hotel sehen, meinem ehemaligen Zuhause. Das war es schon, lange bevor alles angefangen hat.

Ich habe als Studentin, bevor ich Sandra und Juri bekommen habe, sechs Winter- und vier Sommersaisonen lang dort gearbeitet. Im Sommer als Kellnerin, im Winter dann als Skilehrerin, selbst dann noch, als ich bereits an meinen ersten Übersetzungen und Veröffentlichungen gearbeitet habe.

Ich bin schon als Kind nach Bayern gekommen, aber richtig zu Hause habe ich mich in Deutschland erst mit neunzehn gefühlt. Erst, als ich im Hotel dort oben, als ich im »Sonnblick« eingestellt wurde. Und das, obwohl ich dort zeitweise schuften musste wie ein Pferd. In der dritten Saison gab es 14-Stunden-Schichten mit nur einem freien Tag pro Woche. Sämtliche arbeitsrechtlichen Bestimmungen waren dem neuen Hoteldirektor nicht nur egal gewesen, es sah fast so aus, als hätte er sie mit Vergnügen außer Kraft gesetzt.

Vielleicht war es gerade dieser Umstand, der mich dazu gebracht hat, unbedingt weiterzumachen… Ich war immer schon stur, selbst als Kind.

Dabei war er ein furchterregendes Monster. Und zwar allen gegenüber. Von den Zimmermädchen bis zum Chef de Rang. Im Grunde hat er uns wie Vieh behandelt. Das hat uns aber erst recht zusammengeschweißt. Selbst wenn er seine miesesten Sprüche vom Stapel gelassen hat. Zumindest bis er völlig durchgedreht ist und so schnell verschwinden musste, wie er aufgetaucht war.

Erst danach hat sich das ganze Ausmaß seiner... Wir waren naiv und hätten uns im Traum nicht vorstellen können, was er den jungen Zimmermädchen angetan hat.

Unser Team ist danach zu einer regelrechten Familie geworden. Und die folgenden Saisonen waren wundervoll. In den letzten Jahren habe ich mich nach Saisonende jedes Mal gesträubt wieder zu meinen Eltern zu ziehen... Der Direktor hätte sich wohl ganz schön gewundert, wenn ihm damals jemand gesagt hätte, dass seine rumänische Kellnerin zwanzig Jahre später wiederkommen und das Hotel in Besitz nehmen würde. Oder wenn er gehört hätte, dass ich als Übersetzerin von Weltliteratur bekannt werden würde.

Himmel, wie der aus dem Mund gestunken hat. Das werde ich wohl nie mehr vergessen... Seltsam, woran man sich so erinnert.

Vielleicht will ich aber auch deshalb nicht loslassen, weil ich Chris im »Sonnblick« kennengelernt habe. Er ist zwar ein Dreckschwein gewesen, so ein richtiges Arschloch, aber er ist schließlich auch... war der Vater meiner Kinder. Und vielleicht der einzige Mann, den ich je wirklich geliebt habe.

Es fällt mir leichter, das Unbegreifliche aufzuschreiben, als es laut auszusprechen. Zumindest...

Nachdem ich gestern beim Schreiben eingeschlafen bin, erwachte ich am Boden neben meinem Bett. Ich habe lange gebraucht, bis ich aufstehen konnte. In meinen Knochen haben sich Schmerzen ausgebreitet, als wäre ich von einem

Auto angefahren worden. Ich habe zudem jede Menge Blutergüsse an mir entdeckt. Neun an der Zahl. Die meisten bilden bereits einen dunkelgelben Rand um ihr violettes Zentrum.

Ich bekomme immer noch sehr schlecht Luft durch meine Nase, sie ist, glaube ich, angebrochen und meine Brust sticht, wenn ich etwas tiefer einatme. Das lässt mich nachts immer wieder aufschrecken. An Schlaf ist heute aber ohnehin nicht mehr zu denken. Seit ungefähr drei oder vier Jahren wache ich immer schon im Morgengrauen auf. Genauso wie die Tiere im Wald.

Mir fehlt der Panoramablick unglaublich. Im »Sonnblick« habe ich oft in der Diamant-Lounge geschlafen, seit ich im Herbst vergangenen Jahres dort eingezogen bin. Im siebten Stock der Anlage auf der Bergspitze hatte ich täglich eine atemberaubende Aussicht.

In den letzten Monaten hat die Welt für mich nur aus Bergen bestanden. Wie früher. Damals… Vielleicht ist das auch einer der Gründe, warum ich mich so schwer lösen kann. Abgesehen von den vollen Speisekammern, den weichen Betten und der auch nach neun Monaten der Völlerei immer noch gut bestückten Hotelbar und dem Weinkeller.

Wenn ich mich daran erinnere, wie alles begonnen hat, fühlt es sich nicht so an, als wäre es erst vor ein paar Jahren passiert. Es mag klischeehaft sein, aber damals war das Leben… Es ist furchtbar banal, aber wenn ich zurückschaue, sehe ich einen Menschen, von dem ich gar nicht glauben kann, dass das einmal ich gewesen bin. Es fühlt sich fremd an…

Wir hatten uns in unserer Altbauwohnung im vierten Stock verbarrikadiert. Es war mir vorher noch nie aufgefallen, aber eine Hundert-Quadratmeter-Wohnung wird verdammt eng, wenn man mit seinem Ex-Mann, zwei kleinen Kindern und einem Berner-Sennen-Mischling namens George Orwell über Wochen darin eingesperrt ist. Denn was wir sehen konnten, war nur ein kleiner Ausschnitt der gegenüberliegenden Straßenseite. Vier Stockwerke mit Wohnungen über einem Handyshop, einem Döner-Laden und einem Altwiener Beisl.

Der Wirt der Kneipe hat bis zuletzt trotzig seine Stellung gehalten, entgegen allen gesetzlichen Bestimmungen. Den heftig protestierenden Besitzer musste das Militär schließlich mit Gewalt aus dem Lokal zerren. Danach war es ziemlich ruhig geworden. Abgesehen von unregelmäßig kontrollierenden Militär- und Polizeistreifen.

Drei oder viermal gab es in der Straße ein lautes Brüllen und Kreischen, aber es war alles längst vorbei, bevor wir an den Fenstern waren. Bis zu dem Zeitpunkt, an dem der Strom wegblieb, haben wir die meiste Zeit mit Streaming vor dem Fernseher verbracht.

Ich wünschte, ich hätte öfter mit den Kindern gespielt. Und mit meinem Ex geschlafen…

Ich bin jetzt schon seit vier Tagen in meinem neuen Quartier, habe aber noch immer keine Lust, mich einzurichten, nach Vorräten zu suchen und es ordentlich abzusichern, so wie ich es bei allen Unterkünften bisher getan habe, in denen ich vorhatte, länger zu bleiben.

Ich kann einfach nicht aufhören, immerfort hinaufzusehen. Ich starre bei Tag gebannt durch mein Fernglas und suche alles ab. Die Liftanlage. Die Fensterfront des Dachrestaurants. Die Balkone der Zimmer. Alles, was von hier aus zu sehen ist. Ich starre auch in der Nacht stundenlang hinauf, suche nach Anzeichen für ein Feuer, ein Licht, einen Beweis dafür, dass es dort einen Menschen gibt, auch wenn er schon ein recht großes Feuer entfachen müsste, damit ich es auch hier unten sehen könnte.

Worauf warte ich eigentlich noch? Dass ich einfach wieder so mir nichts dir nichts hinaufspazieren kann? Dass wieder alles so wird wie damals, bevor es passiert ist? Verdammt nochmal...

Ich habe heute Nacht davon geträumt, dass ich Juri getroffen habe. Er ist erwachsen geworden. Er hatte die Statur seines Vaters, aber das Gesicht eines Elfjährigen. Das hat mich allerdings erst nach dem Aufwachen irritiert. Im Traum hat mich mehr aufgeregt, dass er die Ölkreiden von Sandra gegessen hat.

Sie hatte zu Weihnachten – bevor alles angefangen hat – einen großen Malkasten von uns geschenkt bekommen, weil sie damals nichts anderes tun wollte, als zeichnen und malen. In meinem Traum hat Juri seine Schwester in eine Ecke gestoßen, den Malkasten aufgerissen und sich die roten Ölkreiden mit beiden Händen in den Mund gestopft. Ich stand daneben, während er sie mit geöffnetem Mund kaute und zinnober-, karmin- und scharlachfarbige Brocken sein Gesicht verschmierten und ihm aus dem Mund bröselten. Ich schrie Chris an, er möge endlich etwas dagegen tun. Was er auch tat. Er warf mir eine Kusshand zu und hechtete dann aus dem Kinderzimmerfenster unserer alten Wohnung. In diesem Moment bin ich von meinem eigenen Schrei aufgewacht. Orwell hat laut gebellt. Vor Schreck habe ich ihm heftig gegen die Schnauze getreten. Das war das erste Mal, dass er sich gerührt hat, seit wir aus dem Hotel geflüchtet sind.

Zuerst habe ich Orwell auf dem Arm herumtragen müssen. Er hat nur ganz leise gewinselt, so schlecht stand es um ihn. Ich war mir nicht sicher, ob er das überstehen wird, aber ich musste rasch Meter machen. Stunden später, bevor ich hier hereingeschlüpft bin, musste ich ihn absetzen. Ich war mir nicht sicher, ob er die Kraft aufbringen würde, mir zu folgen. Selbst heute noch spüre ich sein Gewicht in meinen Armbeugen. Ich konnte sie kaum mehr bewegen. Er hat gewinselt, aber schließlich ist er mir doch noch hinterhergezottelt.

Seit wir hier sind, hat er die meiste Zeit in meinem Bett verbracht, selbst wenn ich nicht darin lag. Nur gestern bei meiner Tour hat er plötzlich gemeint, mich begleiten zu müssen und dabei das Unfallauto aufgespürt. Aber er hat mich dadurch eher aufgehalten, als beschützt. Mittlerweile geht es ihm schon etwas besser, die abgelaufenen Medikamente, die ich ihm gegeben habe, scheinen gut anzuschlagen. Ich muss daran denken, wie Juri und Sandra auf ihm durch die Wohnung geritten sind, und wie sie ihn am Schweif durch den Flur gezogen haben. Damals war er noch ein junger, kräftiger Rüde gewesen. Mittlerweile wachsen erste graue Haare um seine Nase.

Ich muss heute noch lächeln, wenn ich daran denke, wie meine Kinder johlend mit ihm herumgebalgt sind und wie er mit ihnen gemeinsam, erschöpft aber glücklich, auf dem Wohnzimmerteppich eingeschlafen ist. Das hat sich auch nach Beginn der Ausgangssperre nicht geändert. Lange Zeit war ich überzeugt, er würde mich dafür hassen, dass wir ihm schließlich für zwei Wochen einen Maulkorb anlegen mussten. Denn er schlug permanent an, wenn es in der Nebenwohnung Lärm gab. Und den gab es damals ständig. Vor allem nachts. Wir wussten natürlich, was das bedeutete. Sogar die Kinder ahnten es, obwohl sie keine rechte Vorstellung davon hatten, was außerhalb unserer Wohnung vor sich ging. Wir haben die meiste Zeit erfolgreich verhindert, dass sie die Nachrichten sehen konnten.

Orwell hat mir die Sache mit dem Maulkorb lange nicht verziehen. Inzwischen gibt es aber nur noch uns beide. Das hat dazu geführt, dass wir einander nicht mehr böse sein können. Er hat mich heute wieder den ganzen Tag mit einem traurigen Blick angesehen und ist mir aus dem Weg gegangen. Aber ich weiß, dass das nicht von Dauer ist.

Als ich hinausgegangen bin, ist er demonstrativ im Haus sitzen geblieben, zumindest vorerst. Ich habe dann sein Schnaufen gehört, als er mich mit einigem Abstand verfolgt hat, während ich ein paar Hundert Meter die Straße hinuntergelaufen bin. Aber ich habe getan, als würde ich davon nichts merken. Ich verdiene diese Strafe. Der Tritt war nicht in Ordnung… Er wird mir vergeben, davon bin ich überzeugt. Er wird immer da sein, wenn ich ihn wirklich brauche.

Auf meinem Weg bin ich an vielen mit Brettern und Kisten und Holzplatten behelfsmäßig gesicherten Ferienhäusern vorbeigekommen. Fast alle sind in den letzten Jahren aufgebrochen worden. Bei den meisten scheint das schon länger her zu sein. Dort wächst dann Moos und wuchert Unkraut in die Eingänge hinein. Bei anderen sind zumindest die Vorgärten verwildert und die Terrassen von fleckigen, grünen Matten überwachsen. Die unasphaltierte Straße ist nicht mehr zu erkennen, nur in den Spurrinnen wird noch der grobe Kies sichtbar, wenn man genauer hinschaut. Wo der Asphalt der Hauptstraße aufgebrochen ist, wuchern Unkraut und kleine Gewächse. Es ist kaum zu glauben, wie rasch sich die Natur alles wieder zurückholt, wenn der Mensch erst einmal weg ist.

Ich meide den Ortskern. In den vergangenen Nächten habe ich von dort Geräusche gehört, die völlig neu sind. Ich bin in den letzten Monaten immer wieder hier unten gewesen, um mich mit Dingen zu versorgen, die im Hotel nicht mehr vorrätig waren. Hin und wieder habe ich eine Nacht im Ort verbracht. Ich habe auch Handel mit Menschen getrieben, die ich unterwegs getroffen habe. Das ist meist gut gegangen. Jedenfalls habe ich in diesen Nächten nichts Vergleichbares gehört. Es sind seltsame Geräusche. Glas, das klirrt, ein Poltern hier, ein undefinierbarer Schrei dort. Aber vielleicht sind das bloß Tiere, die sich um ihr neues Revier streiten. Vielleicht auch nicht.

Ich sitze stundenlang auf der Terrasse und starre zum »Sonnblick« hinauf. Vor allem nachts tue ich nichts anderes. Ich höre, wenn es im Wald hinter mir im Unterholz knackt. Oder wenn ein Uhu schreit. Manchmal höre ich auch leise tapsende Schritte. Aber das bilde ich mir sicher alles nur ein, während ich da hinaufstarre, wie eine Gottesanbeterin. Gestern habe ich im Dunkeln auch wieder nur so da gesessen bis meine Arme und Beine ganz steif wurden, aber ich kann damit einfach nicht aufhören.

Wir hatten uns gut eingerichtet, im Hotel. Orwell und ich waren nach Jahren der größten Strapazen angekommen. Endlich. Zumindest habe ich mir das eingeredet. Wir sind zwar nicht die Ersten gewesen, die sich nach dem Kollaps in diesem Hotel aufgehalten haben. Aber es war immer noch gut in Schuss und die Vorräte sind kaum angerührt worden, die im Übermaß in den Kellerräumen und in der Küche lagern. Weiß der Teufel, was die Leute veranlasst hat, wieder zu verschwinden. Jedenfalls haben sie uns nach den Gepflogenheiten der alten Welt einen ziemlichen Saustall hinterlassen. In Wahrheit handelte es sich beim Hotel aber tatsächlich um einen kleinen Garten Eden verteilt auf sieben Stockwerke.

Orwell und ich tollten ausgelassen herum, vertrieben uns die Tage mit Lesen – die Hotelbibliothek war durchaus akzeptabel – und Orwell hörte gerne zu, wenn ich ihm laut vorlas.

Ich legte einen reichhaltigen Gemüsegarten im vollverglasten, leeren Indoor-Pool an. Ich pflanzte auch noch ein kleines Feld mit Kartoffeln und Bohnen, obwohl noch genügend Vorräte für drei weitere Jahre vorhanden waren.

Hundert Meter unterhalb der Anlage gab es ein Sammelbecken für Schneekanonen. Es wurde unser Trinkwasserreservoir. Zugegeben, es war anstrengend für Wasser jeden Tag mehrmals Hunderte Meter auf und abzusteigen. Aber wir haben das gerne auf uns genommen, denn in den Jahren davor haben wir noch viel Schlimmeres für wesentlich weniger tun müssen.

Ich habe die Eingänge des Hotels verriegelt und eine Rollschuhbahn, die sich über das gesamte zweite Stockwerk hinzog, gebaut. Ich habe es sogar fertiggebracht, bis zur Waldgrenze hinunterzusteigen und dort Bäume zu fällen. Denn der Holzvorrat für die vielen Kamine im Hotel war zwar recht groß, aber ich musste täglich heizen und in den Wintermonaten war es außerhalb unserer Suite saukalt.

Nach den gröbsten Arbeiten hatten wir an den meisten Tagen aber schließlich eine ganze Menge freie Zeit. Vielleicht romantisiere ich das alles bereits. Mag sein.

Verglichen mit den Jahren davor war es jedoch das reinste Paradies. Was aber am wichtigsten war: Wir haben uns sicher gefühlt. Wir hatten unsere eigene, zweitausend Quadratmeter große Burg mitten im Schnee.

Sie haben mir mein Zuhause geraubt. Sie haben mir das Einzige weggenommen, was ich auf der Welt noch hatte, außer Orwell. Ich hasse sie.

Ich muss endlich eine Entscheidung treffen. Entweder, ich riskiere es, hinauf zum Hotel zu gehen, oder ich steige wieder ins Tal hinab. Ich kann hier nicht mehr bleiben. Es ist einfach zu viel los. Gestern ist ein Konvoi mit Plünderern in den Ort eingefallen. Fast ausschließlich Männer. Ich weiß, worauf es die abgesehen haben. Sie suchen nicht nur nach Essbarem. Sie campierten in einem ehemaligen Supermarkt und sind zum Glück weitergezogen.

Ich vermisse meine Tagebücher. Ich wünschte, ich könnte jetzt darin blättern. Während die Erinnerungen an meine Familie langsam verblassen, sind die vier Journale, die ich in den ersten drei Jahren schrieb, voll davon. Von Chris, Juri und… Die stehen jetzt nutzlos in einem Regal meiner Suite und verstauben. Ich habe große Angst zu vergessen. Denn das wäre dann so, als hätten sie nie gelebt.

Jedes Haus, das ich betreten habe, und es waren in den letzten Tagen sicher mehr als zehn, ist bereits einmal geplündert worden. Man kann an der Vegetation gut erkennen, wie

lange das schon her ist. Das sind jene, die bald nach dem Kollaps aufgebrochen worden sind. Die Böden sind völlig überwuchert, an den Wänden rankt sich ein Dickicht von Kletterpflanzen und überall nichts als Unkraut. In einem Blockhaus ist sogar eine junge Fichte durch das Fenster gewachsen. Und alle Vorräte, die die Menschen zurückgelassen haben, sind längst von Tieren gefressen worden.

Dann gibt es solche, deren Türen in den letzten zwei, drei Jahren aufgebrochen und nicht wieder verschlossen worden sind. Da haben sich dann Nager und Vögel in den Sofas und Betten und Schränken eingenistet, die Pflanzen arbeiten sich dort aber erst allmählich die Wände hoch.

Und dann gibt es noch die ganz frischen. Die wenigen übrig gebliebenen Häuser, die erst in den letzten Monaten von durchkommenden Gruppen oder von einer Handvoll im Dorf verbliebener Bewohner, die sich noch irgendwo hier herumtreiben, geöffnet worden sind. Hier freunden sich die Marder und Siebenschläfer und die Vögel mit dem neu erschlossenen Lebensraum erst langsam an und hinterlassen überall ihren Kot, wenn sie sich durch Einrichtung und Bettzeug wühlen.

Das sind jene Ferienanlagen, die wirklich gut gesichert waren. Also bedurfte es großer Kraftanstrengung mit schwerem Gerät, um eindringen zu können. Der Lärm hallt dabei durch die halbe Ortschaft, wird durch das Echo der steilen Bergflanken noch einmal verstärkt und verursacht unnötig Aufmerksamkeit.

Ich weiß nicht, wo die Menschen geblieben sind, mit denen ich in den vergangenen Monaten Geschäfte gemacht habe. Aber sie müssen irgendwo hier unten sein. Ich verstehe auch nicht, warum sie nicht die einzigen zwei Pässe,

die in ihr Hochtal führen, sperren und sich so vor Eindringlingen schützen. Vielleicht sind es einfach zu wenige.

Etwas, das mich auch maßlos ärgert: Mindestens jedes zweite Haus, das gewaltsam geöffnet worden ist, ist offengeblieben. Man hat Türen aus den Angeln gerissen oder Fenster eingeschlagen, sodass Flora und Fauna ungebremst Einzug halten konnten. Es erhärtet sich der Verdacht, dass die Menschen, die hier nach der Katastrophe weiterlebten, Idioten waren.

Ich bin jetzt schon einige Tage in meinem neuen Quartier. Und eindeutig nicht allein in der Ortschaft. In mindestens drei anderen Häusern lebt noch jemand. Sie verstecken sich und gehen nur selten auf die Straße.

Aber ich habe sie gehört und natürlich auch schon gesehen. Mehrfach haben sie an den alten, von Regen und Unwettern mittlerweile unwegsam gewordenen Serpentinen, die zum Hotel hinaufführen, Bäume gefällt. Sie brauchen wohl Brennholz und wollen es nicht dem Ortskern entnehmen. Obwohl der das dringend nötig hätte, denn der Wald hat sich auch dort schon breitgemacht.

Sie scheinen immer noch friedlich zu sein, obwohl sie wesentlich misstrauischer sind als vergangenen Herbst. Da konnte man mit ihnen zumindest noch über Geschäfte reden. Einer von ihnen, ein Kerl, der eine Halbglatze und seine grau melierten, dünnen Haare zu einem Pferdeschwanz zusammengebunden hatte, tauschte mit mir eine AA-Batterie gegen sechs Meter Duct-Tape und gab mir obendrein noch eine echte Hartwurst dazu. Eine junge Frau, die kein einziges Wort sprach, hat mir ein paar Wochen später eine abgehangene Hirschhälfte angeboten. Ich habe ihr

zwei Flaschen Schnaps als Bezahlung vorgeschlagen und wir sind handelseinig geworden.

Und vor Monaten habe ich mit einem Greis, das war noch letzten Herbst, bevor ich zum Hotel hinaufgestiegen bin, ein Paar gut geflickte Stiefel gegen einen Stapel Bücher eingetauscht. Auch er hat nicht viel geredet. Wie gesagt, sie waren damals schon sehr zurückhaltend. Das ist im Frühling nur noch schlimmer geworden.

Als ich vor ein paar Wochen wieder heruntergekommen bin, hatte ich den Eindruck, dass die Ortschaft bereits aufgegeben worden war… Und auch jetzt zeigt sich keiner von ihnen. Aber ich will sie nicht provozieren. Ich bin mir ziemlich sicher, sie wissen längst, dass ich da bin. Wir gehen uns aus dem Weg. Das ist wohl vorerst die beste Lösung.

Es war im Frühling vor drei, vier Monaten, als André vor dem Hotel aufgetaucht ist. Er stand eines Tages einfach da, hatte ein Jagdgewehr über die Schulter gehängt und einen gewaltigen Trekking-Rucksack auf dem Rücken. Er schien auf einer Hütte im benachbarten Skigebiet überwintert zu haben und hatte das ungewöhnlich früh einsetzende Tauwetter genutzt, um weiterzuziehen. Zumindest hat er mir das erzählt. Ich habe ihm das nicht geglaubt und ihn aufgefordert, schleunigst zu verschwinden. Aber der Kerl war hartnäckig und ist einfach geblieben.

Ich habe ihm sogar mit dem Gewehr, das ich damals noch hatte, knapp vor die Füße geschossen. Das hat bisher immer funktioniert, wenn Leute aufgetaucht sind, die mich belästigt haben. Aber ihn hat das überhaupt nicht beeindruckt. Er hat fast vier Wochen lang in seinem Biwak vor dem Hotel campiert, bis ich ihn schließlich doch hineinließ.

Am Ende war er ganz abgemagert und halb erfroren, aber er nahm mir meine Vorsicht nicht übel. Bei unserem ersten Gespräch hat er mich sogar darin bestärkt. Er habe viele ganz normale und hilfsbereite Menschen in den vergangenen fünf Jahren getroffen, aber auch mindestens so viele heimtückische und gefährliche. Und auch einige wirklich Verrücktgewordene.

Meine Frage, warum er in den Bergen unterwegs war, beantwortete er mit einem lauten Lachen, und erklärte, er habe sein Leben als Bergführer schon vor der Katastrophe hauptsächlich in den Bergen verbracht. Da war es nur natürlich, dass er in der gegenwärtigen Krise in seinem gewohnten Habitat blieb. Das Wort sagte er wirklich: Habitat. Ich mag es. Ich kann es nicht erklären, aber es fühlt sich sehr heimelig für mich an.

Ich weiß nicht, warum ich gerade jetzt daran denken muss. Vielleicht, weil ich seit zwei Stunden 60-prozentigen-Inländer-Rum aus einer Flasche trinke, die wohl vor sechs oder sieben Jahren zum Kuchenbacken gekauft worden ist. André mochte Tee mit Rum. Ich weiß nicht mehr, ob es…

Nein, es war ein paar Tage später, als wir in der Hotelbar saßen und uns ganz unschuldig unterhielten. Er hatte seinen Tee ausgetrunken und füllte sich die leere Tasse mit Rum. Dann schaute er mich vielsagend an. Ich weiß nicht mehr, worum es ging, aber wir haben plötzlich aufgehört zu reden… Und ich bin dann einfach über ihn hergefallen. Ich hatte vier Jahre lang keinen Mann mehr gehabt… Leider war alles sehr schnell vorbei und gekommen bin ich auch nicht. Es hat sich aber trotzdem verdammt gut angefühlt. Ich bereue es nicht.

Es gibt genug, wofür ich mich in der alten Welt hätte schämen müssen, aber das meiste davon…

Später habe ich ihn noch gefragt, ob er die Berge für sicher halte. Er erklärte mir, dass nur clevere Leute in die Berge gegangen sind, nachdem das Überleben in den Städten immer schwieriger geworden war. Das war allerdings keine wirkliche Antwort, sondern der charmante Versuch eines Kompliments, weil er glaubte, den Sex kompensieren zu müssen.

Ich habe ihn trotzdem mit einem Lächeln belohnt, denn er hatte tatsächlich ins Schwarze getroffen. Es verschlägt nämlich wirklich nicht viele Leute hier herauf. Hier lebt es sich zwar etwas mühsamer, aber im Vergleich zu den Städten ist es relativ sicher. Die Strapazen dafür nehmen scheinbar wirklich nur jene Menschen auf sich, die gerissen genug sind. Oder verrückt. Und das macht sie nicht weniger gefährlich.

Die Rationen aus meinem Notfallrucksack sind inzwischen aufgebraucht. Ich habe in den Ruinen noch ein paar alte, versteckte Konserven gefunden, aber seit zwei Tagen trinke ich nur Regenwasser und ernähre mich von Fichten- und Tannenwipfeln. Ich kann das Harz, das ein bisschen nach Zitrone schmeckt, nicht mehr ansehen. Orwell hat gestern bloß die letzte Dose Thunfisch gefressen, die ich fast drei Jahre in meinem Rucksack herumgetragen habe. Also knurrt ihm der Magen genauso wie mir.

Ich werde wohl hinausgehen müssen, um ein paar Forellen für uns zu fangen. Da ein Feuer zu auffällig wäre, werde ich sie roh essen müssen. Mir graut jetzt schon davor, weil ich weiß, dass ich davon wieder Magenkrämpfe kriegen werde, aber wenigstens Orwell wird es sehr zu schätzen wissen.

Ich frage mich, ob ich mich damals in André verliebt habe. Aber ich weiß ja gar nicht mehr, was das ist: Liebe. Oder was es bedeutet, richtig verliebt zu sein. Ich habe mir niemals den Kopf darüber zerbrochen. Ich habe nur ein elementares Bedürfnis befriedigt und vor allem die menschliche Wärme, besonders aber die Gespräche mit einer verständnisvollen Person genossen. Und wenn wir uns hin und wieder auf die Nerven gingen, war das kein Problem, es gab genug Platz, um sich dann aus dem Weg zu gehen. Sollte ich mich deshalb Chris gegenüber schuldig fühlen?

Noch immer starre ich dort hinauf. Jeden Abend. Seit zehn Tagen. Orwell hat es aufgegeben, mich eines Besseren belehren zu wollen und harrt geduldig auf der Bank neben mir aus. Selbst wenn er dabei zittert vor Kälte. Immer bleibt er so lange, bis ich ihn hineinschicke. Mich schickt leider niemand hinein. Also bleibe ich, in dicke Decken gehüllt sitzen, bis mir die Augen zufallen.

Als wären sie dumm genug, ein Lebenszeichen von sich zu geben, das ich von hier aus sehen könnte. Lediglich die Dorfbewohner sieht man ab und zu, wenn sie sich die Bergflanke hinaufarbeiten. Vielleicht haben sie ja die ganze Zeit über gewusst, dass ich das Hotel besetzt halte und jetzt spitzgekriegt, dass ich ausgezogen bin, und glauben nun, es ausspionieren und endlich plündern zu können. Wenn die wüssten, was sie dort oben erwartet.

Heute Nacht hatte ich wieder diesen einen Albtraum. Er ist ein alter Bekannter für mich. Zuletzt habe ich ihn vor einem

Jahr geträumt. Abgesehen vom Ende handelt es sich im Grunde nur um eine sehr schlechte Erinnerung, die sich tatsächlich so abgespielt hat. Ich habe ihn schon oft aufgeschrieben. Fast in jedem Journal einmal. Ich bilde mir ein, dass es mir geholfen hat. Das ist für mich beinahe zu einem Ritual geworden. Ich will es erneut versuchen.

Der Traum beginnt damit, dass wir vier im Wohnzimmer vor dem Fernseher sitzen. Es ist bis zu diesem Augenblick der letzte glückliche Tag, den wir zusammen verbringen, wir wissen es nur noch nicht. Normalerweise sahen wir im Fernsehen nur Nachrichten, wenn die Kinder nicht dabei waren, oder begnügten uns damit, sie am Smartphone zu verfolgen, damit sie nichts von den grauenhaften Ereignissen draußen in der Welt mitbekamen.

Aber Chris liest plötzlich eine Schlagzeile, die auf einen bestürzenden Bericht hinweist. Darin wird informiert, dass die Weltwirtschaft kollabiert ist. Dass es nicht mit der schlimmsten Krise seit dem Zweiten Weltkrieg oder dem Börsencrash 1929 zu vergleichen ist, sondern dass es sich dabei um die schrecklichste Katastrophe seit Menschengedenken handelt. Immerhin, es hat einige Tage gedauert, bis ein führender Politiker diese Worte ausgesprochen hat, die wir alle längst verinnerlicht haben. Aber das ist es nicht, was uns schließlich vor den Schirm gelockt hat. Es war etwas anderes. Etwas, das ein gestresster Moderator resigniert vom Teleprompter abliest, als wir einschalten.

Es ist die Nachricht, dass sich alle Hoffnungen auf eine mögliche Therapie oder eine Impfung, restlos zerschlagen haben. Einmal angesteckt bedeutet es das Todesurteil. Das Virus bleibt hochinfektiös, die neurologischen Schäden seien laut letzten Studien endgültig irreparabel und unumkehrbar. Die wenigen Menschen, die diese Infektion überlebt haben, würden im wahrsten Sinn des Wortes tollwütig und sind deshalb nicht nur eine Gefahr für sich selbst, sondern für jeden, der in ihre Nähe kommt.

Der Traum zeigt mir nicht die ganze Sendung. Wir haben sie eine halbe Stunde oder vielleicht etwas länger verfolgt. Ich erlebe nur wieder das Gefühl, das mich damals beschlichen hat. Diesen kalten Schauder, der sich von meinem Hinterkopf über meinen Nacken ergießt. Das Gefühl totaler Isoliertheit. Die vollkommene Hoffnungslosigkeit. Die Ohnmacht nichts dagegen tun zu können, dass meine Kinder in einer grausamen, zutiefst feindseligen Welt aufwachsen und womöglich gar nicht das Erwachsenenalter erreichen werden. Völliger Kontrollverlust. Ich…

Ich habe Juri acht und Sandra neun Monate in meinem Bauch getragen. Ich habe sie gesäugt und aufgezogen. Ich habe alles Menschenmögliche getan, um sie zu beschützen und habe sie geliebt, wie nur eine Mutter ihre Kinder lieben kann. Und trotzdem dachte ich nicht nur an sie in diesem Moment. Ich dachte vor allem an mich. Ich war überzeugt, dass mein Leben frühzeitig enden würde. Daran, dass es wahrscheinlich schon sehr bald vorüber sein wird.

Ich bin nicht gläubig. War ich nie. Und habe immer schon eine unaussprechliche Panik vor dem Abgrund des Nichts gehabt, das angeblich nach dem Ende des Lebens kommen soll. Ich habe damals meine Kinder, die unsere Verzweiflung spürten und zu weinen begannen ohne recht zu wissen warum, denn die Nachrichten, die im Fernsehen zu sehen waren, hielten sie für einen Spielfilm… Ich habe sie mit ihren Ängsten allein gelassen. Ich bin wortlos aufgestanden, habe mich im Badezimmer eingesperrt und laut losgeheult. Mir wurde davon ganz schwindlig. Ich hatte plötzlich Probleme, Luft zu bekommen, vor allem aber verkrampfte sich mein Herz. Ich war sicher, gleich einen Infarkt zu bekommen. Minutenlang habe ich mich auf der Badematte gekrümmt und… Chris erzählte mir später, dass ich so laut geschrien hätte, dass die Kinder total geschockt versucht haben, die Badezimmertür aufzubrechen, um mich zu retten.

Und dann knallte es drei Mal. Es war unser Nachbar. Im Traum weiß ich schon vorher, was ich erst viel später erfahren habe: Es war mein 74-jähriger Nachbar von oben, der seine Frau, seine Tochter und seine Enkelin erschoss, nachdem er diese Nachrichten gesehen hat. Er hat sie alle drei eingesperrt gehalten, nachdem sie sich infiziert hatten… Hier macht der Traum einen großen Sprung. Ich stehe plötzlich vor dem Wohnzimmerfenster und sehe auf die andere Straßenseite hinüber.

Gegenüber wohnt ein Mann, den ich manchmal beim Klavierspielen beobachtet habe. Er hat ein vergeistigtes Gesicht und schmale Pianistenhände. Er trägt dicke Westen im Sommer und niemals kurze Hosen. Selbst wenn er sonntags frühstückt, sitzt er in einem zweiteiligen Flanell-Pyjama am Esstisch. Im Traum sehe ich, wie er es tut. Wie er sich erhängt. In Wahrheit hat Sandra ihn zwei Tage nach den besagten Nachrichten entdeckt, als die Kinder Verstecken spielten und sie sich, wie sie es immer tat, auf der Fensterbank hinter den Gardinen des Wohnzimmerfensters versteckt hat.

Danach haben wir die Jalousien im Wohnzimmer immer strikt geschlossen gehalten. In meinem Traum bohrt der namenlose Pianist einen Haken in die Decke, schlingt das Kabel seines elektrischen Rasierers darüber, legt sich die

Schlinge um den Hals und springt mit einem grotesken Lächeln von seinem Flügel. Sein Mund war zu einer Fratze verzogen, das sehe ich noch ganz deutlich vor mir. Als ich mich umdrehe, und hier weicht der Traum von der Realität vollends ab, steht Juri wieder vor mir und frisst die roten Ölkreiden seiner Schwester. Er sieht mich an und schreit plötzlich zähnefletschend und mit der Schleifpapierstimme eines Wahnsinnigen: Ich fresse dein Gesicht!

Sie sind definitiv noch da. Ich habe es gewusst. Abends suche ich mit dem Fernglas die gesamte Hotelfront ab, bevor die Sonne untergeht. Dann reflektieren die geschlossenen Fenster das Sonnenlicht. Ich habe an mehreren Tagen abwechselnd schwarze Flecken in der Fensterfront gesehen, die am nächsten Tag aber wieder verschwunden waren. Das heißt, dass dort Fenster geöffnet und wieder geschlossen worden sind. Sie sind also noch da. Die Bastarde sind immer noch da.

Orwell hat sich in den letzten Nächten seltsam benommen. Er weigert sich jetzt auf einmal, mit mir in der Nacht auf der Terrasse Ausschau zu halten. Lieber hockt er unter dem Esszimmertisch und beobachtet mich skeptisch von drinnen. Wenn ich hineinkomme und frage, was los ist, reagiert er nicht. Er hebt nur abwechselnd seine Brauen, ohne den Kopf zu bewegen und grunzt ganz leise vor sich hin. Er hat sicher noch Schmerzen, aber das allein kann es nicht sein. Vielleicht hat er die Geduld mit mir verloren. Oder er macht sich Sorgen. Ich weiß es nicht.

Über der Alm liegt heute den ganzen Tag schon eine drückende Schwüle. Der Himmel hat sich am Mittag grauschwarz verdunkelt und hinter dem Bergkamm breitet schwefelgelber Dunst seinen Mantel über die Ortschaft. Der Donner rollt in der Ferne und es kann nicht mehr lange dauern, bis das Gewitter endlich losbricht. Ich habe starke Kopfschmerzen, und die Narbe, die an mein rechtes Ohr erinnert, pocht dumpf. Das hat sie in den letzten Jahren selten getan. Dagegen meldet sich mein linker Fuß überhaupt nicht mehr, obwohl meine zwei Zehen bei jedem kleinen Wetterwechsel monatelang so getan haben, als wären sie noch da. Sehr, sehr seltsam.

Nachtrag: Gestern habe ich Bewegungen am Hotel ausgemacht. Ich glaube, die Dorfbewohner haben sich hinaufgetraut. Ob sie gehandelt haben mit diesen Schweinen?

Während ich schreibe, geht draußen beinahe die Welt unter. Wie aus einem Sturzbach fällt das Wasser vom Himmel. Früher habe ich solche Unwetter geliebt. Jetzt habe ich Angst, dass ein Baum auf das Haus fällt und uns erschlägt. Es hat einen Temperatursturz gegeben und Orwell fleht mich winselnd an, endlich einzuheizen. Ich bin fast gewillt, seinem Wunsch nachzugeben. Den Rauch würde man bei dem Wetter ohnehin kaum sehen können. Vielleicht ist es das Risiko wert.

In einer Regenpause bin ich hinausgegangen, um nach Essen zu suchen. Erfolglos. Aber es ist mir dabei etwas Komisches passiert: Ich habe ein bekanntes Gesicht gesehen. Es war der Kerl mit Halbglatze und Pferdeschwanz, mit dem ich vor Monaten Geschäfte gemacht habe. Er hat mitten am

Hauptplatz meinen Weg gekreuzt. Oder besser gesagt: er ist gewatet. Weil sich seit Jahren kein Mensch mehr um die Kanalisation kümmert, hat Treibgut und Unrat alles verstopft und der starke Regen der letzten Tage hat ausgereicht, dass das Zentrum gut einen Meter im dreckigen Wasser versunken ist.

Als er mich gesehen hat, ist sein Mund vor Schreck offengeblieben und dann hat er auch noch seinen Wanderstock fallen lassen. Er hat irgendwas gemurmelt, was ich nicht ganz verstanden habe. Es klang wie: »*Du* bist nass«. Noch bevor ich antworten konnte, hat er mir den Rücken zugekehrt und ist mit großen Schritten davongeplatscht. Ich hätte ihn einholen können. Aber wozu? Er hat schon beim letzten Mal etwas verschroben gewirkt. Hat über die Ortschaft nur in Rätseln gesprochen. Inzwischen aber scheint er vollständig den Verstand verloren zu haben.

Ich vermisse André sehr. Ich bin dankbar, für die Zeit, die wir gemeinsam verbracht haben. Und ich frage mich jetzt, wie lange es mit uns gut gegangen wäre. Wer weiß, vielleicht wäre ich am Ende auch noch schwanger geworden. Die zwei Packungen Kondome, die wir in den Umkleiden der Belegschaft gefunden hatten, reichten gerade für drei Wochen. Wir haben danach zwar immer aufgepasst, aber insgeheim habe ich mir auch schon einen Plan zurechtgelegt, wie ich am besten abtreiben könnte…

Wenn ich ehrlich bin, hätte ich sicher alles unternommen, damit das Kind nicht auf diese Welt kommt. Es hätte nur ein Leben voller Leid und Entbehrungen zu erwarten… Das wäre doch nur gnädig gewesen. Oder?

Jetzt habe ich gewagt, endlich den Kamin anzuheizen. Es ist Tag 14 in unserem neuen Quartier, und wir haben es uns schon mehr oder weniger wohnlich eingerichtet. Nur mit dem Essen müssen wir haushalten. Ich muss mir etwas einfallen lassen, denn die Ortschaft ist fast leergeräumt. Es schüttet seit drei Tagen ununterbrochen und der Regen garantiert mir eine gute Tarnung. Man sieht keine hundert Meter weit. Ich muss nur darauf achten, das Feuer wieder auszumachen, bevor…

Draußen ist gerade eine Kuh durch den Vorgarten gestürmt. Ich habe am Esstisch gesessen und geschrieben, während das Tier vor der Terrasse über die Böschung – das Ferienhaus ist in einen Abhang gebaut – heruntergeprescht ist. Ich habe zuerst nur einen Schatten durch das Zeitungspapier wahrgenommen, das ich als Sichtschutz auf das Glas der Terrassentür geklebt habe. Nachdem ich hinaus bin, hat sich mein Verdacht bestätigt: Ich habe eine Kuh noch nie in einem solch mörderischen Tempo rennen sehen. Es sieht beängstigend aus. Sie hat so laut gebrüllt, dass ich es hören konnte, obwohl es wie aus Eimern schüttet.

Ich wollte ihr hinterherlaufen, habe aber nur gesehen, wie sie den Zaun durchbrochen hat, dabei eine junge Fichte umgerannt und weitergewalzt ist. Armes Tier. Ihr Fell war mit blutigem Schorf überzogen und sie war so stark abgemagert, dass ihre Rippen und Beckenknochen überdeutlich hervortraten. Der Schädel hat wild hin und her geschlagen, das Brüllen war markerschütternd. Ich höre es immer noch, obwohl sie schon mitten im Ort angekommen sein muss. Es ist das erste infizierte Tier, das ich seit langem gesehen habe.

Das Virus hat sich rasch verbreitet. Es befällt jetzt nicht nur Menschen, sondern auch mehrere Säugetiergattungen und scheint saisonmäßig zu mutieren. Zumindest hat man sich das so erzählt, bevor ich auf den »Sonnblick« gezogen bin. Man sollte glauben, dass man sich an diesen grauenhaften Anblick gewöhnt, egal ob es Menschen sind oder Tiere. Tut man aber nicht. Orwell ist vor Schreck erstarrt. Er hat erst begriffen, was passiert, als die Kuh schon längst verschwunden war. Er schämt sich jetzt seiner Panik. Ich werde versuchen, ihn etwas aufzuheitern.

Die Sintflut ist überstanden. Heute Mittag hat es aufgehört zu regnen und die Sonne ist innerhalb weniger Minuten mit ganzer Gewalt zurückgekehrt. Die Ortschaft ist mittlerweile von jungen Bäumen regelrecht zugewachsen und hat sich in einen dampfenden Kessel verwandelt. Es wird draußen richtig schwül.

Ich habe schon am Morgen, als es nur mehr leicht genieselt hat, viele Pilze und Schwarzbeeren gesammelt. Es kann gut sein, dass sie noch verstrahlt sind, denn in den Monaten nach der Katastrophe sind die meisten Kernreaktoren in Europa in die Luft geflogen, nachdem die Kühlungen ausgefallen sind. Aber das betrifft ohnehin fast alle Lebensmittel. Wenn ich mich auch darum noch kümmern würde, wäre ich schon vor Jahren verhungert.

Orwell hat im Wald einen Wühlmausbau ausgehoben. Er sieht jetzt zwar aus, wie ein richtiges Ferkel, aber dafür ist er endlich wieder satt. Es geht ihm deutlich besser und er scheint halbwegs wiederhergestellt zu sein. Glücklicher als heute habe ich ihn selten gesehen. Ich glaube, er hat tatsächlich das Gröbste überstanden.

Das dünne Journal ist inzwischen so gut wie vollgeschrieben, dabei habe ich noch gar nicht erzählen können, warum ich wieder damit begonnen habe…

Es ist nun schon einige Wochen her, aber ich sehe es immer noch ganz deutlich vor mir.

Es war an einem ruhigen Nachmittag. Ich wollte nur ein kleines Nickerchen machen. Das hat allerdings nicht sofort geklappt, weil André mit Orwell im zweiten Stock herumgetollt ist, und das übermütige Bellen bis zu mir hinaufdrang. Schließlich muss ich aber dann doch eingenickt sein, denn als ich erwachte, war es ganz still. Ich habe mich schnell angezogen, um mir von unten einen Kaffee zu holen, als ich unbekannte Stimmen gehört habe.

Als ich durch die Tür trat, waren zwei Männer nur mehr einen Halbstock von mir entfernt. Sie trugen alte, schwarze Lederjacken und speckige Kopftücher. Sie haben mich sofort entdeckt, sind direkt auf mich zugelaufen. Es war eigentlich zwecklos zu fliehen. Sie hatten mich schon wenig später kassiert. Ohne Erklärung haben sie mich in ein Einzelzimmer ohne Balkon im dritten Stock gesperrt.

Es waren Männer mit breiten Nacken. Grobschlächtig und brutal. Sie haben nur dreckig gegrinst… Ich habe in den letzten Jahren viel zu viele solcher Männer gesehen, um nicht zu wissen, was sie mit mir vorhatten.

Zuerst war aber André dran. Er wurde in ein anderes Zimmer im selben Stockwerk gesperrt. Ich habe seine lang anhaltenden, spitzen Schmerzensschreie deutlich gehört. Die Tortur hat stundenlang gedauert.

Am Abend sind sie dann auch zu mir gekommen. Es waren vier, die mich abwechselnd immer wieder vergewaltigten. Sechs Tage lang. Eigentlich waren sie zu fünft. Aber einer schien überhaupt kein Interesse zu haben.

Ich spüre es noch… ja, ich spüre sie immer noch. Jeden von ihnen. Ich hätte das Fenster einschlagen, hinunterspringen oder mir mit Glasscherben die Pulsadern aufschlitzen können. Aber ich hänge scheinbar noch immer zu sehr am Leben.

Am fünften Tag bin ich von wilden Bravorufen geweckt worden. Sie hatten André am Hals gepackt. Er war nackt und sein Hintern war blutverschmiert. Sie schleiften ihn in den Vorhof des Hotels. Dort haben sie ihm dann mit einer Schnapsflasche den Schädel eingeschlagen. Er lag schon in den letzten Zügen und zuckte kaum noch, als ihn die Gruppe umringte und gemeinsam auf ihn pisste. Dabei hielten sie Bierflaschen in Händen und prosteten sich gegenseitig zu. Sie schienen sich gut zu amüsieren.

Die Menschen werden nicht zu Tieren, wenn die Zivilisation zerbricht. Sie stürzen am Tier vorbei direkt in den Abgrund.

Eine andere Erinnerung: Es ist sehr lange her. Lange bevor ich in die Berge gegangen bin. Ein paar Monate nach dem Kollaps.

Wir hatten einige Tage vorher unser letztes Camp verlassen, als es von den Militärs endgültig aufgegeben worden war. Sie hatten es auf eigene Faust weiter betrieben, nachdem der Kontakt zur Regierung abgebrochen ist. Sie waren sehr engagiert und haben ernsthaft versucht, dort sechs- oder siebenhundert Leute zu beschützen und zu versorgen.

Es waren gute Männer und Frauen. Aber es war vergeblich. Das Virus hat an der Grenze des Lagers nicht haltgemacht. Wir haben natürlich schon vorher gewusst, dass alles nur eine Frage der Zeit sein würde. Aber wir haben es verdrängt…

Ich beginne die Vergangenheit zu verwechseln mit Geschichten, die ich gehört habe und mit Träumen, die mich geplagt haben. Aber ich will versuchen aufzuschreiben, was damals wirklich passiert ist.

Wir waren mit unseren Bettnachbarn aus dem Lager unterwegs Richtung Norden. Es gab Gerüchte, dass es dort irgendwo noch ein zweites geben sollte.

Wir haben uns aber verirrt und sind orientierungslos durch den Wald gestolpert. Vier Tage lang. Mitten in Deutschland. Zwei Familien und eine hochschwangere Frau. Fünf Erwachsene und vier Kinder.

Ich wusste damals noch nicht, wie man Fische fängt oder Fallen aufstellt. Wir hatten nur, was wir am Leib trugen. Am zweiten Tag hat sich Klaus, der Vater der anderen Familie, den Knöchel verstaucht, als er in einen Fuchsbau getreten ist und in der Nacht darauf ist Ada die Fruchtblase geplatzt. Sie war allein und hatte niemanden, der ihr helfen konnte. Chris, die Kinder und ich sind trotzdem weitergezogen und haben fest versprochen, zurückzukommen, sobald wir aus dem Wald wieder herausfinden. Aber das taten wir nicht. Ich weiß noch, dass sie uns hinterhergeschrien haben, dass wir unsere Kinder dalassen sollten, wenn wir ohnehin wieder zurückkämen. Juri hat mir danach nie wieder in die Augen sehen können. Er hat es mir bis zu seinem Tod nicht verziehen.

Ich wünschte, ich könnte jetzt ein Bild von meinen Kindern sehen. Das Letzte habe ich schon vor Jahren verloren und habe Angst zu vergessen, wie sie ausgesehen haben. Sie leben nur noch in meiner Erinnerung und sind zu Phantomgestalten geworden… Und auch die Erinnerungen lösen sich langsam auf. Das bringt mich um.

Sie haben André einfach im Hof liegen lassen. Die Vögel haben seinen Leichnam klein gehackt. Am sechsten Tag kam einer von den Kerlen in mein Zimmer. Er verwendete verdorbenes Speiseöl. Er sagte, dass er das nur mir zuliebe mache. Ich musste mich dafür bedanken, indem ich es zuließ, dass er mir nach der Vergewaltigung sein Sperma ins Gesicht spritzte. Das, betonte er, mache er wirklich nur mir zuliebe. Damit ich nicht schwanger würde.

Ich bedankte mich dafür, indem ich ihm einen Hoden abbiss. Er hat mich daraufhin quer durchs Zimmer geschleudert und mir drei Zähne ausgeschlagen. Ich glaube, meine Nase ist dabei angebrochen worden und meine Rippen schmerzen immer noch, wenn ich zu tief einatme.

Wir haben das halbe Zimmer zertrümmert, zum Glück haben ihn aber der Blutverlust und seine Schmerzen so weit zugesetzt, dass er mich nicht mehr umbringen konnte. Ich habe ihm mit einer Scherbe des zerbrochenen Wandspiegels den Bauch aufgeschlitzt und bin geflohen. Keine Ahnung, ob er überlebt hat.

Mit Andrés Gewehr, das im Skikeller stand, habe ich zwei der Männer erschossen. Dann bin ich hinaus. Bin gerannt und gerannt und an der Waldgrenze habe ich die anderen irgendwie abhängen können…

Ich habe meinen Notfallrucksack aus dem Versteck geholt und eine halbe Stunde später ist mir Orwell leise winselnd entgegengehumpelt. Er ist sofort in meinen Armen zusammengebrochen. Sie müssen ihn wie wahnsinnig getreten haben. Und… sie haben ihm den Schweif abgeschnitten. Warum?

Ich musste ihn den Großteil des Wegs heruntertragen. Wir haben dafür fast die ganze Nacht gebraucht.

Wenn ich mich im Spiegel betrachte, erkenne ich mich in dieser fremden Frau nicht wieder. Würde ich ein altes Foto von mir mit diesem Spiegelbild vergleichen, wären das völlig unterschiedliche Personen. Meine Haare sind in den letzten Jahren richtig grau geworden. Dort, wo einmal volle Wangen waren, ist die Haut heute schlaff und eingefallen. Um die Augen und auf der Stirn haben sich tiefe Falten eingegraben. Statt meines rechten Ohres klafft ein kleines Loch inmitten einer wulstigen Narbe und eine Augenbraue ist gespalten. Meine Brüste sind flach und knotig, ich bin völlig abgemagert. Ich bin eine ausgezehrte, dürre Frau geworden, die einfach nicht aufhören kann, zu leben. Ich bin zum Sterben noch nicht bereit.

Es gibt sicher noch gute Menschen auf dieser Welt. Ich habe nur lange keine mehr getroffen.

Mit einer einzigen Ausnahme.

Warum fällt mir das Sterben eigentlich so schwer? Es soll ja angeblich nur ein kurzer stechender Schmerz sein, der uns vom Leben zum Tod befördert. Vielleicht auch nicht einmal das. Und dann: unendliches Nichts. Wieso zögere ich es immer noch hinaus?

Ich habe endlich aufgehört, aus der Scheide zu bluten. Mein Körper heilt. Wäre mir all das vor dem Kollaps zugestoßen, wäre ich schon längst krepiert. Ich erinnere mich, wie ich meine erste Magengeschichte nach Ausbruch des Virus hatte. Was hatte ich da für Panikattacken, weil ich glaubte, mich tödlich infiziert zu haben. Ich habe meinen Kindern ständig gesagt, wie sehr ich sie liebe. Das ging soweit, dass ich Chris sogar geschworen habe, dass ich die Scheidung nie wirklich gewollt hätte. Ich habe ihn ständig angefleht, mir zu verzeihen. Durch die Zimmertür hat er immer wieder leise und beruhigend auf mich eingeredet, wie auf einen kranken Gaul. Ich vermisse ihn. Nach all den Jahren vermisse ich ihn noch immer.

Ich würde gerne glauben, dass ich jetzt nur noch für meinen Hund lebe. Aber das wäre gelogen. Im Gegenteil: Ich lebe jetzt nur mehr für mich. Weil ich nicht anders kann.

Ich werde es zu Ende bringen… Ich werde mich nicht dafür rächen, was sie mir angetan haben. Nein, ich hole mir zurück, was mir gehört. Mein Körper ist wieder soweit hergestellt, dass es mir gelingen kann. Und ich habe noch genügend Patronen für Andrés Gewehr. Ich kann sie aus großer Distanz erschießen. Kein Problem. Ich habe genug Wild in den letzten Jahren erlegt. Ich schaffe das.

Der Hauptgrund, warum ich noch lebe, und nicht schon vor Jahren aufgegeben habe, ist reines Glück. Ich hatte nämlich eine gute Kindheit. Meine Eltern haben mich geliebt. Auf dieses Leben konnten sie mich aber nicht vorbereiten. Ich wurde von ihnen nicht dazu erzogen, alleine im Wald zu überleben. Ich wurde nicht brutal, weil mich Mitschüler gequält haben, ich wurde nicht hart, weil ich irgendwelche großen Krisen in meiner Jugend durchleben musste. Nein. Auf das, was über uns hereingebrochen ist, war ich genauso wenig vorbereitet, wie die meisten anderen. Ich hatte einfach Glück.

Der zweite Grund ist nichts als pure Angst.

Es muss nach Mitternacht sein. Orwell hat mich vorhin nervös mit seiner Nase angestupst. Als er merkte, dass ich wach geworden bin, ist er aus dem Zimmer zur Terrassentür gelaufen, wo er sich leise winselnd im Kreis drehte und abwechselnd zuerst auf mich und dann zum Türgriff sah. Ein matter, künstlicher Lichtschein hatte sich durch das alte Zeitungspapier gedrängt, aber viel irritierender war das, was ich dann hörte.

Klassische Musik dröhnte durch das Tal, verzerrt vom blechernen Echo großer Lautsprecher. Ich bin auf einen Hügel hinter dem Haus gerannt, von wo aus ich sehen konnte, woher der Lärm kam. Die Scheinwerfer eines Konvois fuhren gerade in das Ortszentrum ein, das noch immer knietief unter Wasser steht. Die Fahrzeuge, vier oder fünf Wagen und mehrere Motorräder, querten den Hauptplatz und hielten auf den gegenüberliegenden Hang zu. Aus einem davon, es war viel größer als die anderen, schien die Musik zu kommen. Es war ein langsamer Wiener Walzer, den sie spielten. Während sich der Konvoi die Serpentinen zum Hotel hinaufschlängelte, wurde die Musik etwas leiser, durch den Widerhall und die wachsende Distanz undeutlicher, aber es mischten sich auch tiefe Bässe und harte, krachende Heavy-Metal-Klänge darunter.

Vor dem Hotel brannten mehrere große Feuer und eine halbe Stunde, nachdem der Konvoi angekommen war, sah ich etwas, das ich nicht mehr für möglich gehalten hätte. Rauschende, flirrende Feuerwerksraketen explodierten in wunderbaren Formationen unter einem klaren Sternenhimmel. Und dazu die entfernten, vom Wind zerzausten Klänge eines neuen Wiener Walzers in der kalten, klaren Nachtluft. Es war vielleicht das Schrecklichste und zugleich Schönste, das ich je gesehen und gehört habe. Ich musste heftig weinen. Die Gründe dafür kann ich gar nicht alle aufzählen.

Ich habe die Nacht abgewartet und bin zwischendurch auch eingenickt, nachdem sich Orwell wieder beruhigt hatte. Das große Feuerwerk hat ihm einen Riesenschock versetzt. Mir aber auch. Bis in die Morgenstunden sind vom Feuer angelockte infizierte Tiere und wahrscheinlich auch Menschen tobend und brüllend durch den Wald die Bergflanken hinaufgerannt. Niemand sollte oben ankommen, dafür ist der Hang einfach zu steil. In der Morgendämmerung konnte ich welche sehen, die ausrutschten und Hunderte Meter abstürzten…

Mir ist gerade klar geworden, dass das nicht die üblichen Holzarbeiten der Dorfbewohner waren, die in den letzten Tagen dort erledigt wurden. Sie haben die Serpentinen freigemacht, um sie für die Wagenkolonne befahrbar zu machen. Sie müssen darauf gewartet…

Es dämmerte schon und ich war bereits am Schreiben, als ich wieder einen Schatten durch das Zeitungspapier an der Terrasse wahrgenommen habe. Als ich vor die Tür trat, rannte eine gebückte Gestalt in einem Kapuzenpulli vor mir davon. Ich glaube, es war die Stumme, von der ich die Hirschhälfte bekommen habe. Es roch nach frischer Sprühfarbe, und auf den Brettern der Terrasse hatte sie mit schwarzer Lackfarbe ein einzelnes Wort aufgesprüht: Lauf!

Ich denke, ich sollte…

Ich packe jetzt und sehe zu, dass ich wegkomme.

Sie haben mich gejagt. Nicht die Typen von oben. Sondern die Dorfbewohner. Der Alte mit der Halbglatze und noch ein paar andere. Er hatte mich damals am Hauptplatz erkannt. Er hat nicht gesagt: »*Du* bist nass.« Er hat gesagt: »*Du* bist das.« Jetzt kapiere ich es. Ich bin ihnen gerade noch entwischt, sitze aber jetzt auf dem Dachboden eines ehemaligen Sportgeschäfts im Ortszentrum fest.

Sie hatten das Haus schon umstellt, als ich überhastet aufgebrochen bin. Ich muss Orwell festhalten und ihm die Schnauze zuhalten, damit er mich nicht verrät. Sie sind dort draußen. Auf den Straßen. Nicht nur die Dorfbewohner.

Jetzt sind auch die Lederjacken wieder dabei. Sie tragen Abzeichen auf den Rücken. Anarchie-Embleme. Was sind das bloß für Menschen? Seit vorhin gibt eine knarzende Stimme aus dem Lautsprecher etwas durch. Ich kann die Ansage wortwörtlich wiedergeben, weil sie in Endlosschleife abgespielt wird.

»An die werte Besetzerin! Der Herr Direktor lässt um eine Unterredung bitten, nachdem sie sich erdreistet hat, nicht nur des Herrn Direktors Sommerresidenz, sondern auch noch seinem vorausgereisten Personal in nicht unerheblichem Maße Gewalt anzutun.«

Mir graut davor, was sie jetzt mit mir machen werden… Ich habe schon mehrere Male vergeblich versucht, mich mit dem Gewehr zu erschießen. Ich könnte nämlich mit dem Fuß leicht den Abzug betätigen. Aber ich bringe es einfach nicht fertig.

Das Journal ist voll. Meine Geschichte zu Ende erzählt. Es gibt nur noch eine leere Seite und ich weiß nicht, was ich noch schreiben soll… Bald werden sie da sein.

Ich will leben.

Die Geschichte »Journal №9« spielt im literarischen Universum der Romanreihe »Wege in die Hölle«, die auf Amazon erhältlich ist.

EINE EINFACHE GESCHICHTE

»Wie viele Tote?«, fragte die Kripo-Beamtin Izabell Krazinski, und schaute auf das Glutnest, das von dem großen Holzblockhaus im Wald übriggeblieben war. Sie stützte die Hände in die Hüften und betrachtete die Löschroboter und Feuerwehrmänner in ihren Ganzkörperanzügen, die mit Äxten, Schaufeln und Hacken durch den nachschwelenden Brand pflügten. Das Übergreifen auf die umstehenden Bäume hatte man glücklicherweise verhindern können, aber für ein Brand-Aus war es noch zu früh.

»Neun«, antwortete der uniformierte Polizist neben ihr, ohne sie anzusehen. Er musterte die glimmende Brandruine durch eine große Brille, in der sich kleine Schriftzeichen und Daten spiegelten.

Er zuckte zusammen, als ein niedrig herunterhängender Balken einbrach und mit großem Funkenflug in die Glut krachte, sodass die Rettungskräfte wie von einem Schwarm orange irrlichternder Insekten eingehüllt wurden.

»Alter?«, fragte sie.

Er seufzte. »Jugendliche zwischen 16 und 19 Jahren. Und ein Erwachsener…«.

Er brauchte einen Moment, ehe er in seiner Brille nach unten gescrollt hatte. »…31 Jahre.«

»Überlebende?«, fragte Izzy und knöpfte ihren Blazer auf. Die Hitze war kaum noch zu ertragen. Es war, als würde sie direkt vor einem Saunaofen stehen. Trotzdem konnte sie den Blick nicht abwenden.

»Nein. Zwei werden noch vermisst.«

*

Christa saß ihrem Mann gegenüber. Sie schwiegen. Sie hatte zurück auf die Rückbank des Autos gewechselt, um wieder in Fahrtrichtung sitzen zu können. Tom hingegen störte es nicht, neben dem Notlenker des autonomen Wagens in Gegenfahrtrichtung zu bleiben. Er war da nicht so empfindlich.

In der Pause zwischen dem zweiten und dritten Akt hatte sie ein Glas Sekt im Theaterfoyer getrunken und nicht in Fahrtrichtung schauen zu können war selbst nüchtern nur schwer erträglich. Sie hatte die Nadeln aus ihrer Hochsteckfrisur gelöst und ihre Kopfhaut von den beißenden Extensions befreit, hatte die Beine übereinandergeschlagen und einen Moment die Augen geschlossen, um die letzten Stunden des Wochenendes noch voll auskosten zu können. Eine Unebenheit in der Fahrbahn ließ sie aufblicken.

In den Innenseiten der Autoscheiben war ein stummes Ballett zu sehen. Sie ließen es auf der Heimfahrt von den Theaterabenden meist laufen, um ihn gebührend ausklingen zu lassen. Nur die rechte Ecke eines Seitenfensters zeigte im Kleinformat die Übertragung eines Nachrichtenkanals. Hin und wieder flimmerte die Übertragung. Und jedes Mal machte Tom dann eine Grimasse, obwohl er den Fernsehnachrichten ohnehin kaum zu folgen schien, sondern eine digitale Zeitung auf seinem Schoß aufgefaltet hatte, auf der er irgendeine Abendausgabe las.

Es war nur ein kurzes Zucken, das sich dann in seinem Gesicht zeigte, aber Christa erkannte es sofort. Einige Zeit versuchte sie, es zu ignorieren. Schließlich starrte sie ihn aber genervt an, bevor sie sich räusperte.

»Was?«, fragte er unwirsch, ohne den Blick zu heben. Er faltete zwei großformatige Plastikblätter zusammen und zog sie dann wieder auseinander, wie man es sonst auch bei Printausgaben macht, und blätterte eine Seite weiter.

»Was ist denn?«, fragte er noch einmal.

»Ich fasse es nicht, dass du dich darüber aufregst.«

»Ich habe doch kein Wort gesagt«, antwortete er und sah noch immer nicht auf.

»Ich sehe es dir doch an. Du regst dich darüber auf«, sagte sie in einem Ton, der beides bedeuten konnte: Spaß oder Ernst.

»Mache ich nicht. Im Gegenteil.«

Sie lachte.

»Sag doch einfach, dass du mit dem Wagen nicht zufrieden bist...«

»Nein. Es passt alles wunderbar. Wirklich«, gab er ernst zurück und sah nach wie vor nicht auf.

»Du sagst nichts, aber du strahlst es mit jeder Faser aus. Du *hasst* diesen Wagen.«

»Nein! Ich *hasse* den Wagen nicht!«, beharrte er und hob seinen Blick schließlich doch. Eine Strähne hatte sich von den zurückgeföhnten Haaren gelöst und hing ihm ins Gesicht. Unter seinen Augen kämpften sich die Umrisse von

Ermüdungsringen durch die Haut, obwohl er am Nachmittag seine Koffein-Creme aufgetragen hatte.

Er sieht heute wieder älter aus, als ein Mittvierziger heutzutage aussehen sollte, dachte sie. Sie liebte ihn. Trotz seiner kleinen Macken. Der Anflug eines Lächelns glitt über sein Gesicht, sie rümpfte das Kinn und nickte.

»Ich persönlich hätte halt den X7 genommen. Aber meinetwegen«, murmelte er, während er sich wieder in die Zeitung vertiefte.

»Du Schwein!«, rief sie, schob sich einen Schuh von der Ferse und warf ihn in seine Richtung. Das war ihr Ding, seit sie es einmal betrunken auf der Weihnachtsfeier gemacht hatte, auf der sie ihre Verlobung bekannt gegeben hatten. Er schützte sich mit der Zeitung, die aufleuchtend einknitterte, und lachte laut.

»Was?!«, kicherte er. »*Du* sagst doch immer, ich soll ehrlich sein.«

»Ja, zu deinen Kunden. Aber nicht bei mir. Ich will vielleicht nicht immer die ganze Wahrheit hören«, gab sie zurück und streckte ihm den unbeschuhten Fuß entgegen. Er legte die Zeitung weg, ergriff ihn und begann sanft zu massieren, worauf sie entspannt in den Sitz zurücksank.

Christa schloss die Augen und für einen Moment lang war die Welt perfekt, ehe sie die Stimme einer Nachrichtensprecherin aus ihren Träumen zurückholte.

Tom hatte den Ton aktiviert und den Kanal bereits auf das ganze Seitenfenster aufgezogen.

»…sind bisher unbestätigt geblieben. Bislang bleibt eine Stellungnahme der Regierung noch aus, allerdings…«, erklärte die Stimme.

»Verschone mich jetzt bloß damit!«, klagte Christa und verdrehte die Augen.

»Pscht!«, machte Tom.

»Oh, ich bitte dich. Mein ganzer Tag ist voll von Nachrichten. Der einzige Mensch, der mehr Nachrichten sieht als ich, bist du. Morgen muss ich um fünf in die Arbeit. Lass bitte mein erstes freies Wochenende seit Weihnachten nicht so ausklingen.« Sie war ernst geworden. Aber ihm war es ernster.

Er fuchtelte mit der Hand und drehte die Lautstärke am Bildschirm hoch.

Er hatte wieder diesen verbissen trockenen Ausdruck aufgesetzt als würden die Märkte ein paar Prozent einbrechen oder er bereits für seine Kandidatur im nächsten Jahr arbeiten. Es war zwecklos.

Sie seufzte und deaktivierte das Ballett, das noch immer in allen anderen Scheiben lief, im gegenüberliegenden Seitenfenster, sodass man nach draußen, in den dunklen Nachthimmel sehen konnte. Schwarz war die Nacht, nur unterbrochen von vorbeihuschendem orangem Laternenlicht.

»Dabei bleiben die Vorfälle nach wie vor mysteriös. Ob ein Zusammenhang zwischen Stockholm, Hamburg und Sankt Petersburg besteht, ist nach wie vor nicht geklärt. Aber die Hinweise verdichten sich«, hörte sie die Moderatorin.

Christa suchte Toms Blick. Er sah sie ratlos an.

»Wie gesagt, es handelt sich um eine… Verzeihen Sie, soeben bekommen wir eine weitere Meldung herein. Es hat ähnliche Zwischenfälle in… mindestens neun verschiedenen Ländern gegeben. Von einem Zusammenhang muss mittlerweile ausgegangen werden, erklärt der…«

Mit einem brutalen Ruck wurde sie plötzlich in ihren Sicherheitsgurt geschleudert. Er schnappte ein und sie wurde einige Sekunden dagegen gedrückt, als der Wagen stark abbremste. Dann fiel sie zurück in ihren Sitz. Dunkelrotes Alarmlicht flutete plötzlich den Wagenraum und das Ballett in der Windschutzscheibe, ebenso wie alle anderen Übertragungen, lösten sich auf, sodass die Straße vor ihnen deutlich sichtbar wurde.

Christa fasste sich an die Brust und sah Tom einen Moment mit aufgerissenen Augen an. Er atmete laut durch den Mund aus. Es dauerte einen Moment, ehe die beiden etwas verhalten, aber erleichtert auflachten.

Auf dem Display unter den Armaturen, direkt neben Toms Sitz, der sich jetzt danach umdrehte, wurde das Schema des Wagens und der Fahrbahn aus der Vogelperspektive angezeigt. Sie konnten erkennen, dass direkt vor ihnen auf der Straße etwas nicht stimmte. Da war etwas, das dort nicht hingehörte.

»Bestimmt nur ein Reh oder so«, flüsterte sie, ohne zu wissen, warum. Sie spürte, wie sich ihr Herzschlag allmählich beruhigte, aber der Schreck saß ihr noch in den Knochen. Ihre Glieder fühlten sich weich an und ihre Handflächen kribbelten ein wenig.

»Ja. Bestimmt. Wäre ja nicht das erste Mal. Das ist genau diese Stelle. Ich habe schon zig Mal deponiert, dass hier Wildzäune aufgestellt gehören.« Auch Tom flüsterte, während er sie ansah. Sie hatte das Gefühl, dass er nur aus Aufregung redete, nicht weil er etwas zu sagen hatte. Sie blickte auf das Display und versuchte etwas durch die Windschutzscheibe zu erkennen. Aber da war nur die von den weißen Wagenscheinwerfern beleuchtete Straße, flankiert von mattem Laternenlicht und tiefer Dunkelheit.

»Wenn es ein Reh ist… warum bewegt es sich dann nicht? Und warum sehen wir nichts?«, fragte sie leise.

Tom drehte sich wieder zum Display um, und schien angestrengt nachzudenken.

»Es muss wohl ganz knapp vor der Motorhaube liegen. Vielleicht ist es angefahren worden…«

Nach einer längeren Pause ergänzte sie: »Was ist, wenn es einer von den… wilden Hunden ist?«

Es dauerte unerträglich lange bis Tom antwortete. Als müsste er sich seine Worte erst zurechtlegen, um seine Angst nicht zu zeigen. Er hatte sich abgewendet, sah durch die Windschutzscheibe und knirschte mit den Zähnen.

»Ich denke nicht, dass sie… Ich meine, das wäre die erste Sichtung in unserer Gegend seit… zwei Jahren?«

Er klang unsicher, fragend.

»Warum…?«, fragte sie leise, räusperte sich dann und sprach mit kräftiger Stimme weiter als ihr bewusst wurde, dass es keinen Anlass gab, zu flüstern. »Warum könnt ihr die nicht einfach abknallen? Einmal im Monat gehst du mit deinen Leuten auf Jagd. Warum könnt ihr nicht einmal etwas Sinnvolles tun, anstatt das ganze Wochenende nur zu saufen?«

»Das funktioniert so nicht«, fuhr er sie barsch an. »Das hier ist kein Jagdgebiet.«

Sie atmete aus und sah aus dem Fenster.

»Abgesehen davon müssten sie vorher zum Abschuss freigegeben werden.«

Christa schwieg.

Wütend schnallte sich Tom ab und fluchte leise.

»Ich sehe nach.«

Er öffnete die Tür, ehe Christa noch etwas sagen konnte. Die kühle Nachtluft fühlte sich für einige Sekunden gut an, ehe es unangenehm kalt wurde. Sie sah, wie Tom ausstieg, seinen Smoking gewohnheitsmäßig glatt strich und ein paar vorsichtige Schritte in Richtung Kühlerhaube machte.

Er war dort noch nicht angekommen, als ein heftiges Zucken seinen Körper durchfuhr und er zurückschreckte. Er griff sich an die Brust, stolperte rückwärts und kam zurück. Er war blass.

»Ruf die Rettung. Und die Polizei. Sofort!«

»Was?« Sie schnallte sich ab: »Was ist denn los?«

Aber da war er bereits verschwunden. Auf dem Display sah sie, wie er sich zu dem Ding auf der Straße bewegte.

»X5, rufe Notr…« Sie überlegte eine Sekunde. »Ach, verdammt…«

»Soll ich den Notruf anwählen?«, fragte die Sprachassistenz mit freundlicher Stimme.

»Nein.«

Sie stieg aus und rief: »Was soll ich sagen? Was liegt denn dort?«

Sie hatte vergessen, dass sie nur mehr einen Schuh trug. Beim Aufstehen knickte sie um und fiel auf die Knie. Stöhnend stützte sie sich am Wagen ab, stemmte sich hoch und sah den Rücken ihres Mannes, der, die Hände auf die Schenkel gestützt, auf etwas am Boden einredete. Er schien danach zu greifen. Plötzlich machte er einen großen Satz nach hinten. Christa zuckte vor Schreck heftig zusammen.

Und dann sah sie es. Es hatte sich bewegt. Hatte sich soeben aufgesetzt. Mitten auf der Straße hockte es und starrte sie aus leeren Augen an. Ein Mädchen. Nicht mehr Kind und noch nicht Frau.

*

»Wie meinen Sie das, Sie brauchen eine Stunde? Ich glaube Ihnen gern, dass heute viel los ist, aber… Nein, ich habe die Nachrichten nicht… «, sagte Christa laut und schüttelte den Kopf.

Sie hatte sich weggedreht, während ihr Mann weiter versuchte, das Mädchen zum Sprechen zu bringen.

Nachdem es kurz aufgeschreckt war, hatte es sich wieder hingesetzt, die Knie an die Brust gezogen und den Blick abgewendet.

Regungslos starrte sie auf den Asphalt. Auf ihrem abgetragenen Kapuzensweater prangte das zerschlissene Logo einer Schule und die Jeans ließen nur vermuten, dass sie einmal blau gewesen waren. Die Kleidung starrte vor Dreck. Und sie hatte sich wohl aus Angst eingenässt, wie an der kleinen Pfütze am Asphalt deutlich zu sehen war.

Das Gesicht des Mädchens zeigte überhaupt keine Reaktion. Christa kam es so vor, als würde es sie nicht wahrnehmen, ja als würde es nicht einmal blinzeln.

»Ich weiß, wo das ist… Wir wohnen ja hier«, erklärte Christa genervt, während sie langsam ein paar Schritte Richtung Waldrand machte, um das Mädchen nicht weiter aufzuregen. Sie blickte auf die Umrisse der Bäume, die von der Nacht nach wenigen Metern verschlungen wurden, und konzentrierte sich auf das Gespräch. Um besser verstehen zu können, was aus dem Sprechknopf, den sie im Ohr trug, zu ihr drang, legte sie ihre flache Hand darauf.

»Aber das ist ein Notfall…. Nein, ist sie nicht… Was soll das heißen, dass das kein akuter…? Ja, sie ist bei Bewusstsein, aber sie redet nicht… Ich…« Sie drehte sich zum Mädchen um, musterte es einen Moment.

»Ich weiß es nicht. Jugendlich. Vielleicht dreizehn, vielleicht vierzehn? Ich kann das nicht… Ich soll…? Woher soll ich das wissen, wenn sie nichts sagt…? Sie sieht jung aus. Ich weiß nicht, ob sie unsere Sprache spricht… Das ist doch völlig egal. Sie reagiert auf rein gar nichts… und hat offensichtlich einen schweren Schock.«

Sie lauschte. Nickte in die Nacht, schüttelte den Kopf und hatte den Drang, auszuspucken. »Wissen Sie was, verbinden Sie mich mit jemand anderem, verdammt! Nein, habe ich nicht…«

Während Christa sich dem Waldrand genähert hatte und zunehmend unfreundlicher weil wütender geworden war, hatte Tom das Sakko seines Smokings ausgezogen und es dem Mädchen um die Schultern gelegt. Aber sie reagierte nicht darauf. Sie starrte noch immer auf den Boden, als würde sie das alles überhaupt nicht wahrnehmen.

Christa beendete das Gespräch und zog sich den kleinen, transparenten Stöpsel, mit dem sie telefoniert hatte, aus dem Ohr, wollte ihn in ihrer Tasche verstauen und stellte fest, dass sie sie im Auto gelassen hatte. Also drückte sie ihn wieder hinein und spürte kurz ein leichtes Ziehen, als sich das Gerät einrichtete. Nach all den Jahren hasste sie das noch immer.

Sie hockte sich zu den beiden und schüttelte den Kopf.

»Sie brauchen mindestens eine Stunde. Sie sind völlig überlastet, weil…« Sie hielt inne und sah das Mädchen an. Dann schaute sie zu ihrem Mann.

»Ich denke, die brauchen ewig. Wenn man nicht kurz vorm Abkratzen ist, brauchen die immer ewig. Ich habe ihnen gesagt, wir nehmen sie mit nach Hause.«

Tom warf ihr einen überraschten Blick zu und schüttelte den Kopf. Christa starrte ihn böse an. Nur eine Sekunde dauerte es, ehe er ausatmete und nickte.

»Hör mal, Liebes. Wir nehmen dich jetzt mit zu uns«, erklärte Christa. »Wir wohnen nur fünf Minuten entfernt. Was immer mit dir geschehen ist, wird wieder gut. Die Polizei ist schon auf dem Weg.«

Das Mädchen antwortete nicht. Vorsichtig griffen sie ihr unter die Arme und führten sie zum Wagen. Sie roch nach Erde, Schweiß und Morast.

Die restliche Fahrt über versuchten sie, ihr irgendetwas zu entlocken. Vergeblich.

Das Einfahrtstor schloss sich leise surrend, während sie die lange Auffahrt zu ihrem freistehenden Haus hinauf rollten, das mit seinen aufeinander getürmten und ineinandergeschobenen würfelförmigen Mauern mächtig in den Nachthimmel ragte. Wie eine ferne Lichterkette leuchteten die Spots der Grundstücksmauer in der Dunkelheit. Als sie näherkamen, ging das Licht im Hausflur an.

»Keine Angst«, sagte Christa, als sie merkte, dass sich der Blick des Mädchens verändert hatte. »Es ist sonst niemand da. Nur wir drei.«

Dieses winzige Anzeichen, das darauf schließen ließ, dass hinter den leeren Augen doch noch ein menschlicher Verstand saß, ließ Christa hoffen. Auch wenn der dunkel schimmernde Kummer, der einen Moment lang den Blick des Mädchens getrübt hatte, sie ängstigte.

Sie führten es in den hohen Hauptraum, wo Küche, Ess- und Wohnbereich lagen und wo eine breite Glasfront, die sich bis ins zweite Stockwerk zog, einen Blick in die freie Natur gewährte. Dort setzten sie das Mädchen auf das graue Sofa und reichten ihm ein Glas Wasser.

Sie nahm das Glas entgegen wie ein Kind – mit beiden Händen – und trank, ohne Luft zu holen. Erst jetzt bemerkten sie, dass ihre Lippen ausgetrocknet und aufgesprungen waren. Ihre Unterarme und Hände waren über und über von Schürfwunden und Blutergüssen gezeichnet, und unter den Fingernägeln klebte Erde.

»Komm mit, ich zeige dir, wo das Badezimmer ist«, sagte Christa, nachdem sie ein Seufzen unterdrückt hatte. Sie zog sie hoch, wurde aber von Tom zurückgehalten.

»Was ist«, flüsterte er ihr ins Ohr, »wenn jemand... ich meine, wenn sie vergewaltigt wurde? Dann sollte sie sich nicht waschen, bevor sie untersucht wurde.«

Christa fröstelte es. Sie spürte, wie ein Schauder über ihren Rücken lief. Schließlich nickte sie zustimmend.

»Zuerst geben wir dir vor allem frische Kleider«, erklärte sie und führte das Mädchen hinaus, während Tom über die weiße Treppe, deren Stufen wie dünne Klaviertasten aus der Wand ragten, in das Obergeschoss hinaufging.

Sie standen in Christas Ankleidezimmer, wo sich Schuhe und Kostüme, Freizeitklamotten und Businesskleidung nach Farben sortiert aneinanderreihten. Aus einem der tiefen Regale zog sie ein paar bequeme Sportsachen, während das Mädchen begann, sich auszuziehen. Da erkannte Christa das zerschlissene Logo auf ihrem Kapuzensweater, während sie es zu den anderen Sachen legen wollte.

»Gehst du auf die Smith's?«, fragte sie und musterte das Emblem. Sie musste lächeln. »Ich und mein Mann sind auf die Keyne's gegangen. Da haben wir uns kennengelernt. Aber die Smith's soll auch so eine wundervolle Schule sein. Eine der besten in der ganzen Region.«

Christa verstummte, als sie aufsah. Das Mädchen war jetzt völlig nackt. Ihr dürrer Körper war übersät von breiten Blutergüssen und groben Schrammen. Einige waren ganz frisch. Andere nicht. Und dazwischen waren Narben zu sehen, die von Rasierklingen stammten. Krumm und mit verschränkten Armen stand sie vor der breiten Spiegelfront der Kleiderschränke und betrachtete ihren eigenen Körper, als wäre er der einer Fremden.

Zurück im Wohnraum setzte Christa Teewasser auf, nachdem sich das Mädchen wieder auf das Sofa gesetzt hatte. Noch immer hatte sie kein Wort gesprochen.

Christa versuchte es aufs Neue: »Bevorzugst du einen speziellen Tee?«

Sie stand etwas ratlos vor dem Tee-Regal und wusste nicht recht, welche Mischung sie wählen sollte. Feel New, Night Time, Süßholz/Pfefferminz-Fusion, Kamille/Vanille oder Zitronengras/Ingwer. Sie hatte keine davon selbst ausprobiert.

Das Mädchen antwortete nicht. Stattdessen sah es zu dem kalten Kamin, der wie ein mächtiges Portal in der Wand neben der Glasfront eingelassen war.

»Sollen wir Feuer machen?«, fragte Christa, befahl aber im nächsten Atemzug bereits: »Haus, mach Feuer!«

»Sehr gerne«, kam umgehend die Antwort aus einem Lautsprecher und mit einem Zischen flackerten Flammen gegen die ordentlich aufgeschichteten, breiten Buchenscheite im Kamin.

»Mein Mann und ich sind eher Kaffeetrinker«, erklärte sie entschuldigend, nachdem sie sich wieder dem Tee-Sortiment gewidmet hatte. »Aber ich mache dir einen Cacao-

Chai. Versuchen wir es damit. Der passt jetzt gut, denke ich.«

Wieder keine Antwort.

»O.k.?«

Es blieb still. Christa seufzte, bereitete den Tee zu und drehte sich um. Sie zuckte zusammen und schrie leise auf.

Das Mädchen, dessen Haar lose ins blasse Gesicht hing, stand plötzlich direkt neben ihr und musterte den Kühlschrank, ohne Christa zu beachten. Unter der Oberfläche sammelten sich digitale Familienfotos, die sich nach und nach wieder auflösten und von anderen ersetzt wurden. Erinnerungen an Urlaube und Feiern und sogenannte unvergessliche Momente.

»Hast du mich aber erschreckt«, hauchte Christa ein Lächeln, wurde aber weiterhin ignoriert. Also beobachtete sie das Mädchen, wie es knapp vor dem Gerät stand und eine spezielle Aufnahme fixierte. Sie legte den Kopf schief.

»Ist das Ihre Tochter?«, fragte sie mit dünner Stimme, fast flüsternd.

Christa riss die Augen auf.

»Schatz, sie hat ge… Schatz!«, rief sie, aber Tom antwortete nicht. Stattdessen war aus dem Büro im ersten Stock, das über die freistehende Treppe zu erreichen war, nur die Stimme eines Nachrichtensprechers zu hören.

»Ähm. Ja. Ja, das ist sie«, antwortete Christa und trat zu ihr. Das Foto zeigte das Bild eines kleinen Mädchens, fünf, vielleicht sechs Jahre alt, das auf einer Schaukel saß und strahlend in die Kamera lachte. Am unteren Rand prangte das Logo einer Firma als Wasserzeichen.

»Sie sieht glücklich aus«, sagte das Mädchen.

Christa lächelte sanft. »Ja, das hoffen wir.«

»Wo ist sie?«, fragte es leise, und schaute immer noch wie gebannt auf das Foto.

»Oh«, gab Christa zurück und stellte die Teetasse zur Seite.

»Oh, sie… Sie ist noch nicht hier.«

Das Mädchen schwieg. Aus dem Wasserkocher zischte eine Dampfwolke.

»Wir bekommen sie erst nächstes Jahr…« Christa lächelte, drehte sich um und nahm eine zweite Tasse aus dem Küchenschrank, obwohl ihr eigentlich nicht nach Tee war. Sie entschied sich für die Feel New-Mischung.

»Ich weiß, manche finden es doof. Das mit den Bildern. Aber mir gefällt es einfach«, sagte sie, während sie das dampfende Wasser in die Tasse goss.

»Und es hat sich inzwischen auch viel geändert. Die Fotos sind heute viel zuverlässiger. Du solltest mal das sehen, das sie meinen Eltern damals gegeben haben. Ich habe nämlich völlig anders ausgesehen. Abgesehen von den Haaren und den Augen vielleicht«, lachte sie und reichte dem Mädchen die Tasse. Sie nahm sie wortlos entgegen und wärmte ihre Hände daran.

Christa wusste, dass ein echter Schock lebensgefährlich sein konnte. Und bildete sich ein, irgendwo gelesen oder gehört zu haben, dass es den Opfern geholfen hat, wenn man sie in ein Gespräch verwickelte, um die Folgen etwas abzumildern. Also sprach sie weiter.

»Und Tom würdest du auf den Bildern gar nicht mehr wiedererkennen. Seine Eltern hätten klagen können, aber haben es dann doch gelassen. Zumindest hat mir das seine Mutter erzählt… In Wahrheit hätten sie nicht wegen des Aussehens, sondern wegen seines Sprachfehlers klagen wollen. Aber das hätte er damals dann doch womöglich rausgekriegt und das hätte ihn in seiner Entwicklung…« Sie merkte, dass sie abschweifte und schüttelte leicht den Kopf. »Jedenfalls, mich stört das leichte Lispeln überhaupt nicht. Ihm ist es zwar immer noch peinlich, aber er merkt es zum Glück selbst kaum mehr… Komm setz dich doch.«

Christa forderte sie mit einem Nicken auf zum Tresen zu gehen, der die Küche vom Wohnraum abtrennte und vor dem drei Barhocker standen. Aber das Mädchen ignorierte sie. Sie starrte stattdessen ein neu generiertes Foto an. Es präsentierte die zukünftige Tochter schon im jungen Erwachsenenalter.

»Sie wird einmal groß werden«, sagte das Mädchen leise.

»Ja, natürlich«, gab Christa etwas ratlos zurück. »Darf ich fragen, wie du heißt?«

»Ich wollte auch immer groß sein…«, ging sie nicht weiter darauf ein.

»Oh… Oh, das wirst du bestimmt noch.«

»Nein, das denke ich nicht.«

Noch immer nahm sie den Blick nicht von dem Foto, lehnte sich stattdessen weiter vor und öffnete den Mund ein wenig, während sich die Haut unter ihren Augen straffte.

»Aber weißt du denn nicht, wie groß du wirst?«

»Ich bin siebzehn. Größer werde ich nicht… Ich bin nicht geplant.«

Christa trat einen Schritt zurück. »Oh… Oh, verstehe. Das ist… Das ist doch nichts Schlimmes…« Sie räusperte sich, schürzte die Lippen und überdrehte beim Sprechen die Augen. »Weißt du, ich *hasse* dieses Wort: geplant.«

»Ich bin… simpel«, sagte das Mädchen und drehte sich plötzlich zu ihr. Sie sah Christa mit einem Blick in die Augen, der sie eine Sekunde frösteln ließ, ehe sie sich wieder umdrehte und zurück zum Sofa ging. Christa schluckte schwer und suchte nach Worten. Um irgendetwas zu tun, trank sie einen Schluck von dem zu heißen Tee und verbrühte sich die Zungenspitze.

»Wie heißt du eigentlich, Schätzchen?«

Aber die junge Frau antwortete nicht. Sie hatte sich auf das Sofa gesetzt, die weiße Zierdecke über die Schultern geworfen und beobachtete durch die Glaswand die fernen, kleinen Leuchten in der Mauer der Grundstücksgrenze. Kleine Lichtkegel, umfasst von der weiten, schwarzen Nacht.

Christa setzte sich schräg gegenüber auf die Längsseite des Sofas und stellte die dampfenden Getränke auf dem Wohnzimmertisch ab.

»Was ist dir passiert?«, fragte sie jetzt ohne weitere Umschweife.

Der Blick der jungen Frau senkte sich, sie sah wieder zu den Fotos am Kühlschrank und schwieg. Christa seufzte und nippte an ihrem Tee. Über ihnen hörte sie Toms Stimme.

»Schatz. Schatz, du musst… Das musst du dir…«, rief er herunter, unterbrach sich aber mitten im Satz, um nicht zu versäumen, was der Moderator zu sagen hatte. Sie wollte schon aufstehen, als die junge Frau plötzlich zu sprechen begann.

»In der dritten Klasse war es noch anders. Da waren wir alle gleich groß. In der Grundschule haben ein paar der anderen die Milchzähne schneller verloren als wir. Das war schlimm. Aber nicht so schlimm. Es gab Simple und Nicht-Simple, da ist das nicht so aufgefallen. Und nachdem ich von dort weg bin, ist es besser geworden. Ich bin nach der Grundschule an die Smith's gekommen. Da gab es zwar fast gar keine Simplen. Aber es hat niemand gewusst, dass ich so eine bin. Ich habe neue Freunde gefunden. War auf Pyjama-Partys, ich habe sogar Kevin Marshall auf den Mund geküsst.« Sie lächelte matt. Ihr Blick schweifte wieder in die Ferne.

Christa atmete auf. Es war gut, dass sie redete. Gegen den Schock.

»O.k., ich konnte zwar niemanden mit nach Hause nehmen oder so, die hätten ja sofort gemerkt, dass ich keine von ihnen bin. Aber es ging mir eigentlich gut. Die Lehrerinnen haben es gewusst, aber nichts gesagt… Und dann… nach dem ersten Halbjahr haben es die anderen irgendwie auch kapiert. Ich habe mich damals tagelang geweigert in die Schule zu gehen, nachdem ich die Chat-Nachrichten meiner Klassenkameraden gelesen hatte. Am schlimmsten waren gar nicht die Beschimpfungen, sondern dass sie mir vorwarfen, sie belogen zu haben…« Sie atmete aus und holte mit einem leichten Kopfschütteln wieder Luft.

»Aber nicht alle. Vielleicht vier oder fünf, aber das hat gereicht. Ich hatte solche Angst… Ich wollte einfach nie wieder dorthin zurück. Ich habe meine Eltern angefleht, die Schule wechseln zu dürfen. Aber sie haben mich gezwungen, dort zu bleiben. Die beste Schule der Stadt, die gibt man nicht so einfach auf, hat mein Vater gesagt. Ich solle die Gelegenheit lieber nutzen, um Kontakte zu knüpfen. Immerhin ginge ich mit den Kindern der Elite zur Schule. Und damit war die Diskussion beendet.

Ich hatte im ersten halben Jahr mitbekommen, wie man mit Felix Posch umgegangen war. Bei ihm war von Anfang an bekannt gewesen, dass er ein Simpler war. Er war für die Schulleitung und die Lehrer irgendwie das Aushängeschild. Sie brüsteten sich mit Schülern wie ihm auf Elternabenden und in den sozialen Netzwerken… Frei nach dem Motto: Elitcschule mit Herz. Aber alle wussten natürlich auch, was in den Pausen tatsächlich abging. Welche Nachrichten die anderen ihm schrieben. Wie sie ihn ansahen. Wie sie ihn täglich nach der Schule prügelten und dafür ihre Schultaschen benutzten, damit er keine blauen Flecke bekam. Als hätten sie darin… Übung. Einmal haben sie seine Finger mit Superkleber zusammengeklebt. Ein anderes Mal hat ihm Mike Fischer aus der Zweiten einen Zahn ausgeschlagen. Angezeigt wurde davon nichts. Seine Eltern haben dazu eisern geschwiegen und sich sogar geschämt dafür. Und ich wusste genau, dass sie mit mir das Gleiche machen würden… Aber das hat überhaupt nichts genützt. Sie haben mich dennoch gezwungen zu bleiben.«

Das Mädchen verstummte und sah wieder zu Boden. Eine Träne zog eine helle Bahn über ihr schmutzstarrendes Gesicht. Sie wischte mit dem Handrücken darüber und sprach weiter. Ungehemmt und ohne Pause. Dabei sah sie wie gebannt aus dem Fenster. Beinahe so, als würde sie dort etwas suchen und könne sich zugleich in der Dunkelheit auflösen.

»Und so war es dann auch. Es war die reine Hölle. Die nächsten sechs Jahre bin ich wirklich durch die Hölle gegangen. Und damit nicht genug, musste ich im Sommer in eines der Sommer-Camps, die die Schule anbot. Aber in ein Mieses. Nicht etwa ins Ausland, wo die meisten anderen hinfuhren. Mit Städtetrips und Erlebnisreisen. Das konnten sich nämlich meine Eltern nicht leisten, und das Stipendium, das mir die Schule zahlte, sah das auch nicht vor. Für mich waren jene Lager geplant, in denen man irgendwo im Nirgendwo gruppendynamische Übungen und Ausflüge ins Grüne machen durfte.

Das waren kleine Camps, in denen die größten Arschlöcher ihr Unwesen trieben. Eltern schickten ihre Kinder in diese Kleingruppen, weil sie sie für irgendeinen Scheiß, den sie gebaut haben, bestrafen wollten. Oder weil sie ihre Kinder hassten. Oder beides. Und Felix ging es gleich wie mir. Wir haben beide unsere Eltern angefleht, daheimbleiben zu dürfen. Umsonst… Aber hey, immerhin haben wir die verkommenen Sprösslinge der Prominenz kennenlernen dürfen.

In der zweiten Klasse hat mir mein Vater dann die neuesten Hellifax gekauft, sozusagen als Belohnung. Er hat ein halbes Jahr dafür gespart. Die trugen damals nämlich alle.

Am nächsten Tag hat mir Dina Kos, die Tochter des Mikrochip-Herstellers, deswegen in den Bauch geboxt und mich angespuckt, weil ich, eine Simple, die gleichen Schuhe getragen habe wie sie.

Nachdem im Sommer vor der Vierten alle Mädchen in die Höhe geschossen waren, und ich weiterhin so klein geblieben bin, wie ich war, ging es dann erst richtig los. Felix aus der Nebenklasse wollte mir helfen, aber den quälten sie noch viel schlimmer.

Am Anfang haben wir noch versucht, den Lehrern und unseren Eltern etwas davon zu stecken. Aber die Lehrer glaubten es nicht und unsere Eltern verharmlosten es. Solche *Highlights* wie mit Dina gab es zwar nicht oft. Aber die Blicke, die Nachrichten… das Gelächter… die Kommentare… das gab es täglich… Und warum? Natürlich wegen des Geldes. Weil ihre Eltern Jahre vor ihrer Geburt dafür gezahlt haben. Aber hey, ich hatte dafür schließlich Kontakt mit der kommenden Elite…

Ich frage mich… was ist der Punkt, wenn man als Simpler gar keine Chance auf einen ordentlichen Arbeitsplatz hat und sowieso nur so viel zugeteilt bekommt, dass es gerade zum Überleben reicht?

In der vierten Klasse hat mir Hannes Ettitsch, ja, der Erbe der Kaufhauskette, so fest in den Arsch getreten, dass ich eine Woche lang nicht richtig sitzen konnte. Nach dem Sommer, in der Fünften, hat er mich dann hinter den Spinden im Keller der Schule vergewaltigt. Das war ungefähr zu der Zeit, in der Felix mir alles gezeigt hat…«

Sie verstummte.

Christa wischte sich Tränen aus dem Gesicht, während die Miene ihres Gegenübers fast regungslos geblieben war. Sie hatte nur durch die Glasfront hinaus in die Dunkelheit gestarrt. Und das tat sie noch immer.

Ein leises Geräusch ließ Christa herumfahren. Es war Tom, der so tat, als wäre er gerade die Treppe heruntergekommen, aber sicher die längste Zeit schon auf der letzten Stufe gestanden und zugehört haben musste. Er sah sie mit großen Augen an. Ohne ein Wort zu sagen, packte er sie am Handgelenk und zog sie in den Flur. Es schien das fremde Mädchen nicht zu kümmern. Sie sah ihnen nicht einmal nach.

»Tom hast du mitgekriegt, was die Kleine mir eben erzählt hat?«, flüsterte Christa, aber ihr Mann schüttelte bloß den Kopf und zog sie weiter mit sich fort. »Sie hat geredet wie ein Wasserfall. Sie wirkt erstaunlich klug…«

Seine Hände waren kalt und auf seiner Stirn glänzten kleine Schweißperlen. Er hörte ihr gar nicht zu. Gehetzt zog er sie durch den Flur und weiter in den Gästeraum, schloss leise die Tür und machte den Fernseher an.

Ein Nachrichtensender. Der Moderator sprach in die Kamera: »…hat sich mittlerweile bestätigt, dass es sich um

Vorfälle handelt, die einen gemeinsamen Hintergrund haben. Die Regierung hat deshalb einen Krisenstab eingerichtet, ebenso wie alle anderen betroffenen Länder.

Ja, meine Damen und Herren, wenn Sie erst jetzt zugeschaltet haben: Heute Abend wurden parallel, beziehungsweise in kurzen Abständen voneinander, mehrere Gewalttaten gemeldet. Offizielle Stellen sprechen von mindestens dreiundzwanzig Fällen in neun Ländern. Die Zahl der Opfer musste zuletzt stark nach oben korrigiert werden. Dabei sind Schwerverletzte nicht eingerechnet. Sowohl bei den Delikten als auch bei den Opferzahlen ist davon auszugehen, dass sie noch drastisch steigen, insbesondere deswegen, weil aktuell laufend neue Einsätze gemeldet werden. Die Regierung spricht unmissverständlich von koordinierten Terrorakten, die zutiefst zu verurteilen sind.

Unbestätigten Meldungen zufolge sollen die Attentäter genetisch unbehandelte Personen sein. Unter den Opfern hingegen finden sich fast ausschließlich genetisch optimierte Menschen.

Hinzu kommen schwere, gewalttätige Ausschreitungen, die scheinbar durch die Absprache in Chatgruppen starken Zustrom erfahren und den seit Jahren von Terrorgruppen benutzten Aufruf *»Eat the Optimized«* skandieren. In einem offenen Brief kritisieren Experten der Universität Berlin die Jugendpolitik der Regierung scharf.

Darin heißt es unter anderem: Seit Jahrzehnten wachsen die sozialen Spannungen in der Community der nicht-optimierten Personen. Die jetzige Eskalation ist ein Ausbruch dieser bisher unterdrückten Spannungen, die vorhersehbar war, und vor der gewarnt wurde. Aber die Politik hat es verabsäumt, der Wissenschaft Gehör zu schenken.

Ja, meine Damen und Herren, soviel zum Wichtigsten. Wir melden uns nach einer kurzen Unterbrechung gleich zurück.«

Christa versuchte die Informationen einzuordnen. Toms Telefon meldete sich, während sie zurück in Richtung Flur treten wollte, um nach dem Mädchen zu sehen.

»Moment!«, zischte ihr Mann in das Mikrofon seines Ohrstöpsels und hielt seine Frau fest. Er zerrte sie grob zurück und schloss wieder die Tür. Zugleich spürte sie ein dreimaliges, knappes Surren im Ohr. Die Aufforderung, ein Telefonat anzunehmen. Es war Tom, der sie zu einer Konferenzschaltung einlud. Sie runzelte die Stirn.

»Wer ist das?«, flüsterte sie, als ein dumpfes Knallen aus dem Wohnzimmer zu ihnen drang. Tom hielt einen Augenblick die Luft an.

»Wiederholen Sie das!«, forderte er, nachdem Christa das Gespräch angenommen hatte.

»Mein Name ist Izabell Krazinski«, ertönte eine abgeklärte Stimme. »Ich bin Kriminalbeamtin. Haben Sie sich eingesperrt?«

»Ja. Ja, haben wir«, sagte Tom hektisch und griff nach dem Schlüssel. Aber da war keiner. Aus irgendeinem Grund steckte da kein Schlüssel im Schloss ihres Gästezimmers. Hatte der Reinigungsmann ihn verlegt oder war er zu Boden gefallen? Er begann, sich umzusehen.

»Sie sind zu zweit in einem versperrten Raum. Sonst ist da niemand?«

»N… Nein.«, sagte Tom zögernd.

»Gut. Ich möchte, dass Sie jetzt aufmerksam zuhören. Wir sind auf dem Weg zu Ihnen. Verlassen Sie diesen Raum bitte nicht, bevor Sie etwas anderes hören.«

»Was hat das zu bedeuten?«, fragte Christa erstaunt.

»Ich habe Ihre Nummer von der Notrufleitstelle erhalten. Sie haben ein jugendliches Mädchen an der B192 aufgelesen. Dieses Mädchen steht mit hoher Wahrscheinlichkeit in Zusammenhang mit den Terrorakten, von denen Sie vielleicht heute Abend schon aus den Medien erfahren haben.«

Tom schlug sich eine Hand vor den Mund.

»Sie ist mit hoher Wahrscheinlichkeit sehr gefährlich und dringend tatverdächtig, heute Nacht mindestens neun Personen einer Schülergruppe umgebracht zu haben. Sie hat ein Feuer gelegt.«

Erschrocken schauten sie einander an. Ein Geräusch aus dem Wohnraum ließ sie zusammenfahren. Ihre Blicke gingen zum nutzlosen Schloss.

Tom fuhr sich nervös durch das Haar. »Scheiße!«, fluchte er, nachdem das Gespräch beendet war.

Er sah sich um, nickte, schnappte den stummen Diener, auf dem man Tageskleidung aufhängte und der verwaist neben dem Schrank gestanden hatte.

»Was?«, fragte Christa.

»Hilf mir«, meinte er, drängte sie zur Seite und klemmte das Möbelstück unter die Türklinke. Er musste sie ein wenig anheben, aber es funktionierte. Sie wurde blockiert.

Christa schob den Schreibtischsessel beiseite, der neben dem dazugehörigen Schreibtisch, einem Bett, einer Kommode und dem Kleiderschrank, sowie einem pompös gerahmten Spiegel, zum Inventar des Gästezimmers gehörte.

»Und jetzt?«, fragte sie.

»Ich weiß es nicht«, gab ihr Mann zurück und sah sie an. »Wirklich nicht. Ich denke, wir sollten warten.«

»Auf die Polizei?«

»Ja… Ich… Ich könnte inzwischen auch mein Jagdgewehr aus der Garage holen. Aber dazu müsste ich den Raum verlassen. Zahlt sich das aus?«

Christa zuckte mit den Schultern. Sie lauschten angespannt. Es war nichts zu hören. Als stünde das Haus leer.

»Verdammt«, sagte Christa plötzlich. »Ich habe den Ofen angemacht.«

»Das ist ja quasi eine Einladung, dass sie uns das Haus abfackelt«, schrie Tom entsetzt.

»Ja!«

Er griff sich an die Stirn und versuchte einen klaren Gedanken zu fassen.

»Mist verdammter! …Was machen wir jetzt?«, sagte er schließlich und sah auf.

»Ich weiß es nicht«, antwortete seine Frau.

»Was machen wir jetzt bloß?«, wiederholte er lauter.

»Ich weiß es wirklich nicht!«, zischte sie böse.

»Gottverdammt, was können wir bloß dagegen tun?!«, schrie er völlig entnervt, drehte sich im Kreis und trat wütend gegen den Eichenschrank.

»Ich lasse doch nicht zu, dass ein dreckiges Simpel-Gör mein Haus anzündet«, sagte Christa schließlich und schüttelte den Kopf. Sie zerrte den stummen Diener unter der Klinke hervor, öffnete die Tür und trat hinaus, ehe Tom etwas sagen konnte.

Zuerst versuchte er, sie zurückzuhalten, ließ es aber schließlich bleiben.

Seine Frau winkte ihn zu sich. Sie stand im Flur und spähte in den Wohnraum.

Das Mädchen saß mit dem Rücken zu ihnen und sah durch die Fensterfront in den Garten. Eines der Elemente war geöffnet worden, sodass kalte Luft hereinströmen konnte.

»Hol das Gewehr«, flüsterte Christa.

Tom nickte und verschwand. Langsam setzte Christa einen Fuß vor den anderen, trat vorsichtig in den Wohnraum. Mit jedem weiteren Schritt auf die Fremde zu hob sie ihre Hände etwas höher, als würde sie jeden Moment einen Angriff abwehren müssen.

Die langen, dunklen Haare des Mädchens fielen zerzaust über ihre schmalen Schultern. Sie wirkte wie eingefroren. Christa fluchte, als irgendwo im Flur etwas klackte. Es musste die Garagentür sein. Aber das Mädchen regte sich nicht. Erst jetzt merkte Christa, dass sie gar nicht in den Garten sah, sondern den Kopf leicht schief gelegt hatte und fasziniert die Flammen des Kaminofens betrachtete.

Die orangeleuchtenden züngelnden Flammen wurden vom weißen Marmorvorbau malerisch gerahmt. Über dem Sims: ein großformatiges postmodernes Gemälde, neben dem Sockel das gusseiserne, schwarze Kaminbesteck. Alles sah friedlich aus. Wie immer.

Christa sah in Richtung Flur, zur Haustür, dann zur Treppe, die nach oben führte, und warf schließlich einen nervösen Blick ins Gästezimmer. Dann machte sie einen letzten Schritt.

Sie war fast am Sofa angekommen, als sie das Kinn ein wenig reckte und sich Zentimeter um Zentimeter nach vorne beugte, um dem Mädchen über die Schulter blicken zu können.

Die kleinen, schmutzigen Hände lagen reglos in ihrem Schoß mit den Handflächen nach oben. Christa atmete langsam aus und trat vorsichtig zurück.

In diesem Moment huschte Tom an dem Küchenblock vorbei in den Wohnraum, hielt das Gewehr im Anschlag und nickte Christa zu.

»Zeig uns deine Hände«, sagte Christa mit zitternder Stimme. Aber das Mädchen reagierte nicht. Das Ehepaar sah sich kurz an. Ihr Blick befahl ihm, das Sofa zu flankieren. Er setzte an, etwas zu erwidern, folgte aber und schob sich in das Blickfeld des Mädchens. Das Gewehr zielte direkt auf ihre Brust.

»Beweg dich nicht«, befahl Tom. »Keine Bewegung!«

Die Anweisung kam Christa albern vor.

Sekundenlang hörte man nur das Knistern des Feuers. Niemand rührte sich.

»Und jetzt?«, fragte Tom.

Christa atmete aus. Sie schüttelte den Kopf, lief in den Flur, riss eine Schublade auf, in der sie Kerzen, Scheren, Gummiringe, Frischhaltebeutel und anderes Zeug aufbewahrte. Sie kehrte mit einer Rolle Klebeband zurück.

*

»Nein!«, rief das Mädchen. Ihre schrille Stimme hallte durch das ganze Haus.

»So halt doch still!«, schrie Christa wütend. »Du dummes Gör. Hörst du denn nicht?! Du sollst jetzt endlich stillhalten…«

»Nicht! Lass mich…«

»Schnauze, du Monster!«

Das Mädchen brüllte. Etwas klatschte. Dann wieder Stille.

»Oh, das wirst du mir büßen«, heulte Christa auf.

»Christa, nicht!«, fuhr Tom dazwischen.

Das Sofa quietschte. Sohlen auf Parkett. Undefinierbare Schreie unter einem Kissen. Schläge, Tritte, Stöhnen.

»Willst uns wohl anzünden, hä? Willst uns abfackeln, hm? Kinder wie du sollten von ihren Eltern abgetrieben werden.«

Stöhnen, Ächzen, das Reißen von Kleidung, das Ratschen von dickem Klebeband.

»Bitte nicht. Bitte, nein! Ni…«

»Störrisches Biest, du. Das Winseln um Gnade kannst du dir jetzt schenken«, zischte Christas Stimme dazwischen.

Die verzweifelten Schreie des Mädchens wurden von einem Kissen erstickt, dann konnte sie sich jedoch befreien, fuhr herum und brüllte wie von Sinnen.

»Stopp!«, kreischte Tom.

»Simples Miststück!«, hallte Christas hysterische Stimme durch das Haus. »Hinterhältiges, simples, Miststück. Was bildest du dir eigentlich ein!?«

*

Christa atmete schwer. Ihre Haare hingen ihr wirr ins Gesicht, die Bluse war verrutscht und zeigte zu viel Haut, während sie nach Atem rang und nach unten blickte. Tom stand neben ihr, folgte ihrem Blick und sagte kein Wort. Er hatte das Gewehr sinken lassen.

Das Mädchen kauerte auf dem Boden neben dem Sofa. Ihre Handgelenke waren mit einem grauen Klebeband fixiert. Sie versuchte das Tape, das Christa ihr auf den Mund geklebt hatte, zu erreichen. Aber das ging nicht. Denn nicht nur die Handgelenke waren gefesselt. Christa hatte es ihr auf Höhe der Ellbogen mehrfach um den Körper gewickelt. Aus einer Wunde über der Augenbraue sickerte dunkles

Blut. Ebenso aus ihrer Nase. Es vermischte sich unter dem Kinn mit dreckigem Schweiß. Ihre Wangen brannten dunkelrot. Sie bewegte sich nicht mehr, aber ihre Augen funkelten nass und zornig.

Christa wischte sich Blut aus dem Mundwinkel und stöhnte. Ihre linke Hand zitterte, sie zeigte deutlich die dunkelvioletten Abdrücke von Zähnen.

»Die werden dich im Knast verrotten lassen«, sagte sie, noch immer außer Atem. Der Blick des Mädchens verschwamm in neuen Tränen, ehe sie dick über die Wimpern perlten.

»Komm«, sagte Tom und zog seine Frau weg, die noch immer nicht von dem Mädchen ablassen wollte. Aber dann folgte sie ihm doch ins Gästezimmer.

Tom ließ die Tür geöffnet, um in den Wohnraum sehen zu können. Das Mädchen rührte sich nicht. Doch es sah hasserfüllt zu ihm herüber. Aus brennenden Augen starrte sie ihn an. Also legte er das Gewehr demonstrativ auf den Schreibtisch und ließ sich auf den großen Sessel daneben sinken. Christa setzte sich auf die Bettkante. Sie blickte aus dem Fenster und zitterte. Beide schwiegen.

Tom kämpfte derweil gegen den Schwindel an, der ihn kurz befallen hatte. Und das Mädchen ließ ihn nicht aus dem Blick, so sehr er ihm auch ausweichen wollte.

»Und jetzt?«, fragte er schließlich leise, und versuchte, sich nichts anmerken zu lassen.

»Was und jetzt? Wir warten selbstverständlich auf die Polizei.«

»Ja, aber wie erklären wir ihre Verletzungen?«

»Die hat sie sich selbst zu verdanken.«

»Naja.«

»Naja? Sie hat sich heftig gewehrt. Was kann ich dafür, wenn der Wohnzimmertisch Kanten hat?« Christas Stimme war plötzlich hell und dünn.

»Trotzdem.«

»Trotzdem? Tom, sie ist eine Mörderin!«

»Ja, aber die NGOs machen daraus sicher eine Riesensache. Ich kann so etwas jetzt nicht gebrauchen, Christa. Ich bereite meine Kandidatur vor.«

Seine Stirn legte sich in Falten und er schaute so dämlich drein, dass er für Christa wirkte, wie eine Witzfigur. Immer wieder sah er in den Wohnraum hinaus und schlug gleich darauf die Augen nieder. Wie ein eingeschüchtertes Kind.

»O.k., beruhige dich. Wir stehen beide unter Schock.«

»Ja, und?«, zischte er. Sein Kinn zitterte.

»Im Schock machen Menschen dumme Sachen.«

Er beugte sich vor und starrte sie wütend an.

»Das hilft nicht.«

»Sag mal, bist du vollkommen bescheuert?«, fragte sie, lehnte sich ein wenig zurück und versuchte kontrollierter zu atmen. Ihr Nacken schmerzte und in ihrem Bauch breitete sich ein Ziehen aus, das immer heißer und zehrender wurde. Sie fuhr mit der Hand vorsichtig über die Stelle.

»Ist es schlimm?«, fragte ihr Mann, entzog sich abermals dem glühenden Blick des Mädchens und nickte nach ihrer Hand.

»Sie hat mich getreten. Natürlich ist es schlimm.«

Tom griff sich an die Stirn. Er knetete seine Nasenwurzel, wischte sich über das Gesicht und stöhnte leise.

»Na gut«, sagte er, sah noch einmal in den Wohnraum und stand auf. »Ich trage das Gewehr wieder zurück. Ich habe es nie geholt. Wir erwähnen es am besten gar nicht.«

Christa sah zu ihm hoch.

»Sie hat dich plötzlich angegriffen, nachdem wir sie zur Rede stellen wollten«, flüsterte er entschlossen.

»Warum sollten wir so etwas Dummes tun?«, fragte sie.

Er zuckte mit den Achseln. »Aufregung. Angst. Panik. Keine Ahnung. Aus dem gleichen Grund, aus dem wir überhaupt hinausgegangen sind. Aus dem gleichen Grund, aus dem wir sie gefesselt haben, verdammt.«

Tom nahm das Gewehr und verließ den Raum. Im Hinausgehen sagte er noch etwas, aber Christa verstand es nicht. Sie schloss für einen Moment die Augen und atmete durch. Dann sah sie auf und blickte zur Tür. Der Teil des Flurs, den sie von hier aus sehen konnte, wirkte friedlich und ruhig.

Sie stöhnte, versuchte aufzustehen, wollte zum Schreibtischsessel gehen, sank aber gleich wieder zurück. Der brennende Schmerz war von der Leistengegend bis ins Rückgrat gewandert.

»Miststück«, murmelte sie. Langsam beugte sie sich vor, griff sich an die Seite, wischte sich ihren Schweiß ab und betastete mit der Zunge vorsichtig den Mundraum. Sie hatte sich nicht nur in die Zunge gebissen. Auf der Innenseite ihrer Wange klaffte eine Wunde. Das Blut schmeckte bitter.

Sie schnaufte, setzte ein künstliches Lächeln auf, räusperte sich und sagte: »Ich weiß nicht, warum wir hinausgegangen sind. Ehrlich. Ich weiß es wirklich nicht…«

Einen Moment lang hielt sie inne. Dann schüttelte sie den Kopf. »Scheiße. Das glauben die mir doch nie… Nochmal.« Sie räusperte sich erneut, ehe sie weitersprach.

»Nachdem wir telefoniert haben, wollten wir uns eigentlich im Gästezimmer verschanzen und auf Sie warten. Es ist…« Sie unterbrach sich und stöhnte. Kurz hielt sie den Atem an, seufzte.

»Ehrlich, ich weiß nicht, warum wir raus sind. Wir hatten Angst, dass sie das Haus anzündet. Ich weiß, dass das furchtbar dumm war. Aber wir sind dann einfach raus. Und da ist sie direkt auf mich zu…« Sie schüttelte den Kopf.

»Scheiße.«

Sie legte die Hände auf das Bett und stemmte sich ächzend hoch. Es fühlte sich an, als wäre sie gerade von einem Auto angefahren worden.

Ihr schwindelte, als sie sich erneut aufrichtete, taumelte zwei Schritte, dann musste sie sich am Schreibtisch abstützen. Es wurde ihr schwarz vor Augen.

Christa hatte nur ein Glas Wasser getrunken und nichts gegessen, bevor sie ins Theater gefahren waren, weil sie es nur schwer bis zur Pause aushielt, wenn sie zu viel intus hatte. Aber der Schwindel legte sich und sie konnte allmählich wieder klar denken.

»Shit!«, zischte Toms Stimme aus dem Flur. Im nächsten Moment trat er hastig ins Gästezimmer, warf die Tür zu und rammte den stummen Diener unter die Klinke.

»Sie ist weg!«

»Was?«

»Sie ist weg, verdammt.« Er warf die Hände in die Luft.

»Willst du mich verarschen?«

»Ich habe dir gesagt, du sollst nach ihr sehen, als ich hinaus bin!«

Er machte einen Schritt in ihre Richtung, zuckte vor ihrem wütenden Blick zurück und drehte sich in einer fließenden Bewegung wieder zur Tür.

»Fuck!«

Er unterdrückte einen lauten Schrei und biss sich in die Faust. Er schlug in die Luft, ruderte mit den Armen und reckte sich zur Decke.

»Das darf doch alles nicht wahr sein.«

Christa sank zurück auf die Bettkante.

»Warum hast du ihr nicht die Füße gefesselt?«

»Warum hast *du* das nicht getan?«

»Ich hatte das Gewehr in der Hand! Du hast sie ja verdroschen. Du hättest ihr doch gleich auch die Füße zusammenbinden können, wenn du sie schon verschnürst wie ein Paket.«

»Ich hatte nicht geplant, dass wir sie aus den Augen lassen, Tom!«

»Ich habe dir gesagt, du sollst sie beobachten, während ich draußen bin.«

»Ich habe dich nicht verstanden, wie immer. Du sprichst einfach zu undeutlich…«

Tom fuhr wütend herum, hatte den Kopf schief gelegt und es schien, als wollte er sie mit den Augen durchbohren. Mit einem plötzlichen Ruck wandte er sich ab, trat an das Fenster und vergrub das Gesicht in den Händen.

»Ich rufe an und frage, wie lange die noch brauchen«, murmelte er.

»Mach doch, was du willst«, sagte Christa hinter ihm, »aber mir wird heute keiner mein Haus anzünden.«

Er drehte sich um und sah, wie sie den stummen Diener wegzog.

»Christa!«, rief er erschrocken.

Aber sie hatte die Tür bereits geöffnet.

»Nicht mit mir«, sagte sie, sah hinaus und wurde im selben Moment von einem kräftigen Schlag auf den Kopf niedergestreckt.

Sie hörte den entsetzten Schrei ihres Mannes nicht mehr. Ihr Körper sackte zusammen und blieb regungslos mit dem

Gesicht nach unten auf der Türschwelle liegen. Das Mädchen wollte gerade noch einmal mit dem gusseisernen Schürhaken des Kamins ausholen, um erneut auf den Schädel von Christa einzuschlagen. Ein durchtrennter Teil des Klebebands hing noch daran.

Doch Tom sprang über Christa hinweg und riss das Mädchen um. Sie krachten zu Boden, rutschten über die hellen Fliesen und versuchten beide wieder auf die Beine zu kommen.

»Hau ab!«, brüllte er, ehe sie ihm mit einem gellenden Schrei ins Gesicht trat, sodass er gegen die Vorzimmerkommode knallte. Während er vornüberkippte, schoss ihm Blut aus der Nase. In seinem Kopf drehte sich alles, wirkte verschwommen und viel zu hell. Undeutlich sah er, wie sie nach dem Schürhaken griff, fasste sie am Bein und riss sie herum. Sie flog gegen die Kommode, stürzte und wollte weiter nach ihm treten. Aber Tom packte sie am Hosenbund, zog sie unter sich und schob die Hände beiseite, die ihm flach ins Gesicht klatschten.

»Fotze!«, schrie er. »Dreckige, simple Mistfotze!« Er schlug ihr mit der Faust ins Gesicht, ohne etwas zu spüren. Er wusste nicht einmal, ob er getroffen hatte, bis sie ihm Blut ins Gesicht spuckte, holte aber erneut aus und schlug so fest zu, wie er konnte. Es knackte trocken, als seine Hand brach. Er hatte nur den Boden neben ihrem Ohr getroffen.

Fast besinnungslos fiel er zurück, umklammerte seine Hand und starrte erschrocken auf das steil gebrochene Handgelenk. Ein Tritt, dann noch einer und schließlich ein weiterer, ließen ihn weiter zurückrutschen.

Das Mädchen kam hoch, griff nach dem Schürhaken und rutschte mit einem Quietschen in einer Blutlache aus, es war das seiner Frau.

Er packte sie am Sweater, zerrte sie auf den Boden und warf sich wieder auf sie. Sie schrie, spuckte, schlug um sich und biss nach ihm. Aber er war zu schwer. Er drückte seinen Unterarm gegen ihren Hals, so fest er konnte.

Sie wurde rot im Gesicht, ihre Augen quollen hervor, während aus ihrer Kehle ein nasses Röcheln drang. Arme und Beine flogen durch die Luft, klatschten auf den Boden, in sein Gesicht, gegen seine Schenkel. Er lehnte sich vor, drückte seinen Unterarm gegen ihr Kinn, stützte sich darauf und drückte, drückte und drückte… Etwas knackte laut, aber er hörte es nicht, sondern spürte es nur in seiner Elle.

Die Bewegungen des Mädchens wurden schwächer, träger, erlahmten nach und nach, bis nur noch ein leichtes Zucken durch ihren Körper ging. Sie röchelte, gurgelte, starrte ihn aus knallroten, nass schwimmenden Augen an. Er drehte sich weg, um sie nicht ansehen zu müssen, machte sich aber dabei noch schwerer.

Blut schoss ihm in den Kopf, pochte gegen seine Schläfen, noch immer bewegte sich irgendetwas unter ihm. Es dauerte unerträglich lange, bis es endlich aufhörte. Bis da nichts mehr war. Kein Laut, kein Zucken, keine Regung.

Erst jetzt rutschte er zur Seite, sackte auf den Boden und rollte sich gegen die Wand. Er schnappte nach Luft…

*

Christa und Tom saßen am Boden des Flurs. Sie presste ein Geschirrtuch und einen Eisbeutel gegen ihren Kopf, er hatte das Kinn auf die Brust sinken lassen und wagte nicht aufzusehen. Es wirkte, als würde er nur deshalb seine gebrochene Hand anstarren, weil er das Vorgefallene nicht fassen konnte. Zwischen ihnen lag der tote Körper des Mädchens inmitten von Blut und Schweiß.

Der Knopf in seinem Ohr meldete sich mit drei kurzen Vibrationen.

Er hob ab. »Ja?«

»Krazinski hier. Wir haben vorhin telefoniert.«

»Ja«, antwortete er mechanisch.

»Ich kann Sie beruhigen. Wir haben die Sache aufgeklärt. Ich weiß nicht, wen Sie auf der Straße aufgelesen haben, aber das Mädchen steht in keinerlei Zusammenhang mit dem Brand im Jugendlager.«

Tom sah erschrocken auf. Er konnte nur ein heiseres Krächzen ausstoßen.

»Hallo?«, fragte die Kriminalbeamtin. Er konnte nicht antworten.

»Hallo? Hören Sie mich?«

Tom nickte, gab aber keine Antwort.

»Hallo?«

»Ja«, brachte er schließlich heraus.

»Haben Sie mich verstanden?«

»Ja… Ich meine…« Er zog den Stöpsel aus seinem Ohr und aktivierte den Lautsprecher. »Nein.«

»O.k. Wir können ausschließen, dass das Mädchen, das Sie aufgelesen haben, mit dem Terrorakt im Waldlager in Verbindung steht. Es dürfte sich wohl um eine ganz normale Ausreißerin handeln. Davon gibt es momentan ungewöhnlich viele. Sie werden verstehen, dass wir heute deswegen nicht mehr vorbeikommen. Aber ich melde Ihr Anliegen an die Abteilung für vermisste Jugendliche weiter. Allerdings kann das ein wenig dauern, bis die sich melden: sicher nicht vor morgen Nachmittag. Es geht hier momentan alles drunter und drüber, mit den Ausschreitungen und allem. O.k.?«

Tom sah über den Leichnam des Mädchens hinweg zu seiner Frau. Er schüttelte den Kopf, rutschte ein Stück an der Wand entlang und musste sich mit dem Ellbogen abstützen, um nicht gleich im Sitzen umzukippen.

»Ja, danke. Haben wir«, antwortete Christa an seiner Stelle.

»Es hat sich auch von uns aus erledigt. Das Mädchen ist verschwunden.«

Etwas raschelte am anderen Ende der Leitung.

»Ach so. In Ordnung. Verstehe. Ich leite das so weiter. Die Kolleginnen werden gegebenenfalls trotzdem für eine Personenbeschreibung auf Sie zukommen, beizeiten.«

»Alles klar. Danke, Frau Inspektor«, sagte Christa.

»Schönen Abend noch.«

»Ja.«

Das Telefonat war beendet.

Sie sahen sich an.

*

Einige Tage später läutete ein Beamter tatsächlich an der Tür und Christa öffnete mit einem freundlichen Lächeln.

»Guten Tag, Ibdal mein Name. Wir haben bereits telefoniert«, sagte der Mann. Er trug eine schwarze Lederjacke und ein kariertes Hemd. Seine Schuhe waren abgetreten und sein Gesicht hatte einen fahlen Teint.

Christa nickte.

»Hallo… Kommen Sie doch herein, bitte.«

Sie traten durch den aufgeräumten Flur, gingen über die polierten Fliesen, in das Wohnzimmer. Tom saß auf dem Sofa vor einem mattschwarzen Kaffeeservice.

Er stand kurz auf und nickte zur Begrüßung.

»Bitte nehmen Sie doch Platz. Ich würde Ihnen ja Kaffee einschenken, aber ich bin ein wenig gehandicapt«, sagte er und blickte auf seine geschiente Hand, die in einer Schlaufe hing.

»Oje, was ist Ihnen denn zugestoßen?«, fragte der Beamte.

»Ach, ich war beim Tennis ein wenig zu enthusiastisch«, antwortete Tom und warf einen Blick aus dem Fenster, während sie sich setzten. Er räusperte sich.

»Ja, so ist er. Immer hundert Prozent Einsatz«, sagte Christa, die sich zu ihnen setzte und den Mann bediente.

»Danke. Keinen Zucker bitte«, lehnte er höflich ab.

»Oh, ein Mensch mit Geschmack.« Christa lächelte.

»Tut mir leid, dass das so lange gedauert hat, aber wie Sie sich vorstellen können, herrscht seit Tagen totales Chaos. Hunderte Teenager wurden in den vergangenen anderthalb Wochen als vermisst gemeldet.«

»Ja, haben wir gehört.« Christas Stimme wurde weich, während sie lässig ein Bein über das andere schlug.

»Schrecklich, was da alles passiert ist, bei den vielen Protesten…«

»Ich glaube nicht, dass wir es bloß als Protest einstufen sollten. Es ist nämlich viel ernster. Da ist inzwischen eine organisierte Untergrundbewegung entstanden«, sagte der Ermittler und nippte an seinem Kaffee. Er nickte anerkennend.

»Und was das Mädchen angeht, das Sie aufgelesen haben, das scheint mir eben solch ein Fall zu sein. Obgleich es nicht unbedingt mit irgendeiner Organisation zusammenhängen muss. Sie war schon länger unterwegs, bevor Sie auf sie gestoßen sind. Sie scheint sich irgendwo in den Wäldern herumgetrieben zu haben, weil sie in der Stadt ziemlich rasch von den Kameras identifiziert worden wäre. Wie es scheint, hat sie einfach von daheim Reißaus genommen, weil sie nicht mehr zur Schule gehen wollte.«

Christa schüttelte empört den Kopf.

»Schlimm, so etwas.«

»Ja. Unverständlich. Dabei war sie Stipendiatin, das muss man sich vorstellen.«

»So was Undankbares«, flüsterte Christa.

Der Polizist hob die Schultern.

»Wenn Sie mich fragen«, erklärte Tom und schaffte es endlich den Mann richtig anzusehen, »geht das schon viel zu lange, dass diese Gruppierungen einfach tun und lassen können, was sie wollen.«

»Nun, ich will ja nicht politisch werden«, antwortete der Polizist, »aber ja, ich kenne Ihre Meinung. Und ich stimme Ihnen natürlich zu, ganz privat gesprochen. Wir haben ein echtes Problem mit gewissen… Bevölkerungsschichten. Das wird sicher keine einfache Geschichte.«

Christa seufzte und sah mit gerümpfter Nase in den Garten hinaus.

»Mit den Simplen. Sagen wir, wie es ist«, warf Tom ein. Der Polizist hob einen Mundwinkel und wendete den Blick ab. »Sie werden verstehen, wenn ich dazu nichts sagen kann.«

»Jaja, ich weiß, dieser Terminus wird vonseiten der Regierung und den Behörden nach wie vor strikt vermieden«, winkte Tom ab.

»Nun. Ja. Aber das muss ja nicht immer so bleiben.« Der Polizist sah ihn an.

Tom grinste.

MOLLUSCA

In den ersten Minuten nach dem Aufstehen ist es am schlimmsten. Ich beiße die Zähne zusammen und richte mich langsam auf. Sofort spüre ich den stark pochenden Schmerz in der Stirn. Direkt über der Nase bohrt er sich in die rechte Braue und fährt durch den Augapfel in mein Ohr.

Im Spiegel meines Garderobentischs erkenne ich mich kaum wieder. Vorsichtig setze ich einen Fuß neben den anderen auf das Parkett. Die Wärme der Bodenheizung kribbelt unter meiner Haut. Für einen kurzen Moment kann ich mich in eine lose Erinnerung flüchten. Warme Wollsocken und ein Kamin, vor dem ich die Beine lange ausstrecke. Gelbes Licht. Weihnachten.

Und dann stehe ich da, gekrümmt wie nach einem Tag im Kohlebergwerk. Ich, das ist eine junge Frau in einem Körper, der sich anfühlt wie der einer Hundertjährigen. Mit dem Gefühl, ein brennendes Loch im Schädel zu haben.

Zwei Aspirin später durchwühle ich erneut meinen Medikamentenschrank. Die meisten Mittel wirken nicht mehr, wenn ich sie in normaler Dosierung schlucke. Und dann sind da auch noch die Nebenwirkungen.

Vergangene Woche hatte ich Blut im Stuhl, aber das lag wohl am Antibiotikum.

Ich entscheide mich für Novalgin – 500 Milligramm – und schlucke zwei Tabletten. Das geht inzwischen auch ohne Wasser. Ich nippe an dem Kaffee, den ich mir nebenher heruntergelassen habe, kreise vorsichtig den Kopf – es fühlt sich an, als würde in der Stirn heißer Schlamm verschoben – und greife nach dem Nasenspray. Das und der Abend, an dem ich mir illegal gekauftes Rohypnol einwerfe, gehört zum besten Teil des Tages. Eine Minute später wird das rechte Nasenloch frei und es fühlt sich einen Moment lang an, als könnte ich atmen wie ein ganz normaler Mensch.

Beim Anblick des Kühlschranks wird mir allerdings schon wieder übel. Sie sollten jeden Tag ausgiebig frühstücken, sonst züchten Ihnen die Medikamente ein Magengeschwür, hat die Ärztin mir eingeschärft.

Ich gehe ins Wohnzimmer, um die TV-Nachrichten einzuschalten. Ja, doch. Heute ist einer von den besseren Tagen. Einer von den Tagen, an denen ich einen Blick aus dem Fenster oder in den Fernseher riskieren kann, ohne gleich durchzudrehen.

Ich habe mich geirrt. Es ist doch keiner von den guten Tagen. Obwohl es erst Nachmittag ist, fühlt es sich für mich an, als würde ich schon seit zwanzig Stunden munter sein. Wenn man nicht fernsehen kann, oder lesen, oder sich unterhalten, dann vergehen die Minuten wie Stunden und die Stunden wie Tage.

Es ist schlimmer als alles, was ich im Netz darüber gelesen habe. Die Ärzte vermuten eine seltene Form von Cluster-Beschwerden, eine der schlimmstmöglichen Arten chronischer Kopfschmerzen. Dazu gäbe es aber zu wenig gut erforschte Fälle und im Gegensatz zur einfachen Migräne kaum verlässliche Studien. Vor zwei Wochen hat man mir dann zusätzlich eine akute, atypische Nebenhöhlenentzündung diagnostiziert, als man große Mengen Eiter in meinen Stirnhöhlen festgestellt hat.

Immer wieder packt mich eine unaussprechliche Wut über die Ungerechtigkeit, über die völlige Hilflosigkeit, die ich deswegen empfinde. Niemand kann mir helfen. Ich habe nicht viel Familie oder Freunde. Und die paar Menschen, denen ich wichtig bin oder die mir wichtig waren, habe ich aus meinem Leben verjagt, angeschrien, geblockt oder fürchterlich beschimpft. Weil sie es nicht verstehen. Weil sie sich gar keine Mühe geben. Ja, weil sie es schlicht nicht verstehen wollen. Weil sie es vergleichen mit einer Migräne oder Grippe oder mit sonst irgendwas.

Kürzlich gab es wieder so einen Moment. Ich habe meinem Ex eine heftige Nachricht geschrieben, nachdem er mir auf die Mailbox gesprochen hat. Ich habe ihm Dinge vorgeworfen, für die er gar nichts kann und ihn beschworen, mich bloß nie wieder anzurufen. Ich halte das Telefon unschlüssig in meiner Hand und bin mir jetzt gar nicht mehr sicher, ob ich das wirklich getan oder es mir nur eingebildet habe. Solche Momente sind in letzter Zeit häufiger geworden.

Es fällt mir auch immer schwerer einen klaren Gedanken zu fassen unter dem quälenden Druck in meinem Gehirn.

Nur eines weiß ich ganz bestimmt. Ich habe heute einen wichtigen Termin. Ich mache mich auf den Weg ins Krankenhaus und versuche mich abzulenken, indem ich die Straßenlaternen zähle. Indem ich Atemübungen mache. Indem ich die Augen schließe und an früher denke. Ich will nicht zugeben, dass ich Angst habe. Ich will aber auch nicht zugeben, dass ich Hoffnung habe.

Mir ist übel, von den Medikamenten und weil ich nichts im Magen habe. Das Frühstück habe ich diesmal ausgelassen. Auf Anweisung des Neurologen. Heute Nachmittag werde ich endlich Genaueres wissen. Es muss einfach so sein. Es muss…

»…Dankeschön… Ich fixiere jetzt noch Ihren Kopf, und dann kann es schon losgehen. Wie besprochen, es dauert circa eine dreiviertel Stunde. Wenn Ihnen übel wird oder Sie sich unwohl fühlen, sagen Sie bitte Bescheid, ja?«

Ich nicke. Die Assistentin lächelt und greift nach meiner Hand. Die Frau ist keine dreißig, aber etwas in ihrem Blick, in ihrem Wesen, ihrer Stimme vielleicht, erinnert mich an eine Hebamme oder eine fürsorgliche Großmutter. Aber es tröstet nicht.

Das mächtige Rauschen der MRT-Röhre macht mir keine Angst mehr. Ich versuche tapfer zu lächeln und spüre, wie sich Feuchtigkeit in meinen Augenwinkeln sammelt. Heute ist doch ein guter Tag. Ein Tag, an dem ich hoffen darf, endlich den Ursachen meiner Leiden auf den Grund gehen zu können. Es ist in Ordnung, zu hoffen.

Die Assistentin schließt die weiße Tür und lässt mich allein zurück. Ich muss an die Arbeit denken. An meine Kollegen, an meine Kunden. Ich muss an den Tennisplatz denken. An die vielen Cocktails mit Freundinnen. Ich muss an den Badesee denken, an den Urlaub mit meinem Ex. Wir waren jedes Jahr an der Adria gewesen. Ich muss auch an meine Nichte denken, wie sie mir lächelnd entgegenhüpft und mich auffordert, mit ihr Verstecken zu spielen.

Und ich muss daran denken, dass das alles zu einem Leben gehört, das mir mittlerweile, nach nur ein paar Wochen, völlig fremd vorkommt. Als hätte ich dieses Leben nur vom Hörensagen gekannt. Oder darüber einen Film gesehen. Aber es hat mit dem meinem nichts mehr zu tun. Mein Leben besteht aus andauerndem Schmerz, und das scheint schon immer so gewesen zu sein.

Ich sitze im Sprechzimmer des Neurologen und bin nervös.

»... sich keine Sorgen. Aber das gehört abgeklärt«, sagt er mit dem Ton eines Buchhalters und schaut dabei auf seinen Computerbildschirm. Ein paar Sekunden vergehen. Nur das Ticken der Wanduhr ist zu hören.

»Wir sehen, dass die Nebenhöhlen nach wie vor deutlich vereitert sind. Im Grunde sind sie randvoll mit Flüssigkeit, was ich mir nicht recht erklären kann. Wann waren Sie zuletzt im Krankenhaus zum Absaugen? Vergangene Woche? Ich habe noch nie gesehen, dass sich das wieder so schnell füllt. Zusätzlich haben sich auch kleine Einschlüsse gebildet. Vielleicht müssen Sie sie noch einmal absaugen lassen. Diesmal aber auch die hinteren Kammern.«

Ich denke an die OP, bei der mir Eiter aus dem Schädel gepumpt wurde, und mir wird sofort schlecht. Es hatte nur anderthalb Tage für etwas Linderung gesorgt.

»Wurde das Sekret damals eingeschickt und untersucht?«

Wurde es nicht. Aber ich antworte darauf nicht. Das ist sinnlos. Er weiß es, schüttelt den Kopf: »Dann sollte man das jetzt einmal machen. Na, wie gesagt, machen Sie sich keine unnötigen Sorgen. Das gehört ordentlich abgeklärt, und dann sehen wir weiter.«

Wieder starre ich ihn bloß an. Und diesmal schweigt er. Er scheint auf Fragen zu warten. Oder darauf, dass ich endlich aufstehe und mich verabschiede. Die Wanduhr tickt und die Sekunden verstreichen. Ich warte darauf, dass er zugibt, mir einen geschmacklosen Streich gespielt zu haben. Aber er sagt kein Wort. Er will mich einfach so rasch wie möglich loswerden.

Ich schlage mit der Faust auf den Tisch, springe auf und schreie ihn so laut an, dass er vor Schreck fast aus dem Sessel kippt.

»Gehört abgeklärt? Was heißt denn das?! Sie sind der sechste Arzt, der mir so einen Blödsinn sagt! Was zum Teufel tun wir denn hier, wenn nicht abklären, was los ist? Ich war bei meiner Hausärztin. Ich war drei Wochen bei meinem HNO-Arzt in Behandlung. Ich war beim Orthopäden. Ich war im Krankenhaus, ich war bei einer zweiten Neurologin und sogar bei einem Osteopathen. Ich war in der Kopfschmerzambulanz und bei einer weiteren Neurologin und jetzt sitze ich hier bei Ihnen. Ich fresse seit zwei Monaten in großen Mengen Tabletten. Habe drei Mal einen vollen Satz Antibiotika geschluckt für nichts und wieder nichts. Ich habe ein Wirbelsäulenröntgen, ein Schädel-CT und eine Woche Akupressur hinter mir. Man hat mir mit einem Schlauch Eiter aus dem Kopf gesaugt! Ich habe inzwischen Arztrechnungen im vierstelligen Bereich zu zahlen und kann nicht darauf warten, bis die Versicherung sie mir rückerstattet! Ich habe Schmerzmittel geschluckt bis zum Kotzen und musste fünf Wochen auf ein MRT warten. Und alles, was Sie und alle anderen vor Ihnen sagen können ist, dass keine Hinweise auf einen Tumor vorliegen, aber dass es noch abgeklärt gehört? Sagen Sie mal, hören Sie sich eigentlich selber zu? Ich werd noch wahnsinnig! Und keiner hilft mir! Ich hasse euch alle. Ich hasse Sie ganz speziell. Ich hasse das ganze arrogante Arztgesindel! Fickt euch doch alle ins Knie!«

Ich hämmere mit den Fäusten wütend auf den Tisch, sodass Kalender und Notizzettel und Stifte und Holzspatel und Testpackungen von Medikamenten durch die Luft fliegen.

Aus großen Kuhaugen sieht mich der Arzt ganz vertrottelt an und schiebt dabei provokant mit einem Finger seine Brille den Nasenrücken hoch. Ich greife nach dem Nächstbesten, was ich finde, und schleudere es ihm an den Kopf. Es ist ein Post-It-Block. Das reicht aber nicht.

Auf dem Schreibtisch steht ein Querschnittmodell eines Stammhirns. Ich werfe es in seine Richtung und schleudere weitere Sachen nach ihm, während er sich die Hände schützend vor das Gesicht hält. Das reizt mich aber nur noch mehr. Den gesamten Schreibtisch räume ich ab, schiebe mich über die Kante und beginne mit den Händen auf ihn einzuschlagen. Zwei, drei Mal. Er ist völlig fassungslos und schützt sich nur noch halbherzig.

»Was sind Sie eigentlich für ein Mensch? Sie Arschloch!« Es klatscht laut, als ich versuche mit weiteren Handgreiflichkeiten meinen Frust loszuwerden. Irgendwann geht mir die Kraft aus. Ich sinke erschöpft in mich zusammen, klammere mich an die Armlehne seines Sessels und wimmere leise wie ein verängstigtes Tier.

Am nächsten Morgen wache ich todmüde auf, in meinem Schädel kratzen Stahlklauen über ein Blechdach. Sie haben mich verhaftet. Der Amtsarzt auf der Polizeistation brauchte zwei Stunden, um zum Ergebnis zu kommen, dass ich psychisch gesund sei und man mich entlassen könne.

Der Neurologe sieht von einer Anzeige ab. Es ist mir vollkommen gleichgültig.

Ich quäle mich hoch, stütze mich auf die Ellbogen und sehe mich um. Das Rohypnol hat mir ein paar Stunden traumlosen Schlaf verschafft. Aber jetzt ist sie wieder da. Diese glühende Hitze in meinem Kopf.

Vor ein paar Tagen habe ich einen Entschluss gefasst: Ich habe in meinem alten Wandkalender einen Tag mit einem roten »X« markiert. Wenn sich bis dahin keine deutliche Besserung abzeichnet, hatte ich mir im Weinrausch geschworen, würde ich Schluss machen.

Das Datum war willkürlich gewählt. Aber es gab mir eine Richtung vor. Ich hatte ein Ziel, das ich erreichen konnte. Neben dem MRT. Etwas, das mich die unendlichen Sekunden und Minuten und Stunden und Tage ertragen ließ. Weil ich wusste, dass es so oder so ein Ende finden würde.

Vorgestern war dieser Tag. Ich habe den ganzen Tag auf meiner Couch gesessen und gewartet. Um 23:59 Uhr schwor ich mir, ich würde noch bis zum Ergebnis des MRT am nächsten Tage warten, und wenn der Schmerz unverändert und die Diagnose gleich bleiben sollte, würde ich endgültig Schluss machen.

Jetzt schäle ich mich aus dem Bett, muss durch den Mund atmen, weil meine Nase schon wieder komplett verstopft ist, nehme den Tablettenblister und die Dose mit dem guten Zeug. Ich schlurfe ins Badezimmer und will mich noch einmal im Spiegel betrachten. Wie erwartet: ein Anblick, den ich mir lieber hätte ersparen sollen.

Ich weine nicht. Ich trauere nicht. Ich spüre gar nichts, außer Schmerz. Ich drücke einen ganzen Blister Schmerzmittel auf die Ablage unter dem Badezimmerspiegel und gebe das Rohypnol aus der Dose dazu. Ich schütte alles in den Mörser, den ich mir extra bestellt habe. Zu Pulver zermahlen würde es schneller wirken, das ist in den Foren nachzulesen. Ich nehme Mörser und Stößel und schleppe mich ins Wohnzimmer. Bevor ich beginne, die Drogen zu zermahlen, halte ich inne.

Mein Mund ist trocken, ich rieche meinen eigenen Gestank. Vielleicht sollte ich vorher noch duschen. Wenn sie mich finden, sollte ich… Scheiß drauf.

Ich sitze auf meinem Sofa und betrachte die Tabletten in der kleinen Steinschale. So weit war ich vor zwei Tagen auch schon und habe dann aber doch alles wieder fein säuberlich zurücksortiert. Ich schließe meine Augen, was sich so anfühlt, als würde Sandpapier über meine Netzhaut reiben. Das ist allerdings angenehmer als das Stechen, das sich seit dem Aufstehen pulsierend durch meine Stirnhöhle gräbt. Es fühlt sich an, als würde sich ein glühender Steinsplitter unter meiner Augenbraue durch den Knochen bohren.

Ich halte die Augen geschlossen, als ich beginne, das Zeug zu zerstampfen und zu zermahlen. Es ist anstrengend. Danach muss ich mich wieder hinlegen. Die Schmerzen nehmen eine Dimension an, die mich beinahe lähmt. Ich sinke erschöpft zwischen die Sofakissen. Irgendwann vibriert mein Telefon auf der Glasplatte des Wohnzimmertischs und reißt mich aus der Erstarrung.

Es ist eine Nachricht meiner Mutter. Den Text, den sie geschrieben hat, überfliege ich nicht einmal. Ich bleibe bei der Vorschau des Links hängen, den sie mir geschickt hat. Die Schlagzeile auf einer Nachrichtenseite: »Gesundheitsministerium: Zahl der akuten Kopfschmerzpatienten um mehrere Hundert Prozent gestiegen.«

Ich klicke den Artikel an. Es ist mir kaum möglich zu lesen, so sehr behindert das Stechen in meinem Kopf meine Sehkraft. Ich muss mir die Augen reiben, weil alles verschwimmt.

»Das Gesundheitsministerium meldet einen Anstieg der akuten Kopfschmerzfälle in den Ambulanzen und den niedergelassenen Stellen um fast 800 Prozent im Vergleich zum Vorjahreszeitraum. Erste Meldungen, wonach es sich um eine Nebenwirkung von neuen Massenimpfungen handeln könnte, wurden dementiert. Vielmehr scheint es sich um akute Superinfektionen der Nasenneben- und Stirnhöhlen zu handeln. Die Gesundheitsministerin spricht von einer »ungewöhnlich hohen Fallzahl« und verweist auf eine für morgen angesetzte Pressekonferenz. Recherchen der BBC ergaben indes, dass nicht nur hierzulande, sondern auch in Großbritannien und Resteuropa, wie auch in großen Teilen Asiens und auf dem amerikanischen Kontinent ein massiver Anstieg von Kopfschmerzerkrankungen festgestellt wurde. Das Robert-Koch-Institut bestätigte die Zahlen für Deutschland auf Nachfrage. Worin die Ursache für die unerklärliche, noch namenlose Krankheit liegt, bleibt weiter unklar. Auf Social Media Plattformen haben sich in den vergangenen Tagen unzählige Verschwörungstheorien und Falschnachrichten verbreitet, nachdem in mehreren veröffentlichten Abschiedsbriefen die plötzlich auftretenden Kopfschmerzen als Grund für den Suizid angegeben wurden. Die meisten dieser Fälle konnten allerdings nicht bestätigt werden.«

Ich muss aufhören zu lesen. Es strengt mich zu sehr an. Allein das grelle Leuchten des Displays brennt sich regelrecht in meine Augen, obwohl ich es auf die niedrigste Helligkeitsstufe eingestellt habe.

Wenn es mehrere Personen gleichzeitig trifft, wird man sich der Sache sicher annehmen, denke ich. Vielleicht gibt es eine Erklärung, vielleicht Linderung, oder gar Heilung. Ich muss warten. Es bleibt mir nichts anderes übrig.

Ich wache auf, nehme Tabletten, trinke Wasser, esse eine Kleinigkeit und versuche zu schlafen. Und dann wiederhole ich alles. Aufwachen, Tabletten schlucken, Wasser trinken, schlafen. Aufwachen, Tabletten schlucken, Müll rausbringen, schlafen. Aufwachen, Tabletten, Schmerz herausschreien, schlafen. Aufwachen, Tabletten, verzweifelt auf die Wand einschlagen, schlafen.

Vier Tage später sitze ich in meiner abgedunkelten Wohnung auf dem Fußboden, trinke Tee und lege den Kopf in den Nacken. Auf meiner Stirn liegt ein nasses Tuch und ich brauche einige Zeit, bis ich die Nachrichten, die ich eben gehört habe, richtig verstehen kann. Neben den überfüllten Ambulanzen sind auch die Psychiatrien voll von Menschen, die von Kopfschmerz ausgelöste Psychosen erlitten haben. Zu großen Teilen handelt es sich um Personen, die keinerlei geistige Vorerkrankungen aufweisen. Ebenso wie die unzähligen Menschen, die von den Schmerzen nicht gänzlich verrückt werden, sind auch nur selten körperliche Vorerkrankungen bekannt. Und wenn, scheint es keinen Zusammenhang zu geben. Hat man ursprünglich angenommen, dass es sich um ein Virus handeln könnte, ist dies mittlerweile dementiert worden. Trotzdem ist es aus Angst vor einer möglichen Ansteckung vereinzelt zu Übergriffen gegen Betroffene gekommen.

Die Vereinigung der Cluster-Kopfschmerzpatienten Deutschland hat Hilfe angeboten und Verhaltensratschläge online gestellt. Aber sie helfen nicht. Der europäische Neurologenverband empfiehlt Patienten, alle Räume abzudunkeln und den Gebrauch elektronischer Geräte auf ein Minimum zu reduzieren. Das ist aber so hilfreich wie ein Kropf. Zahlreiche Selbsthilfegruppen und selbst ernannte Natur- und Alternativ-Mediziner erdreisten sich auf YouTube, die Welt mit großartigen Behandlungsmethoden zu bereichern. Aber der Schmerz lässt sich nicht wegatmen. Er ist nicht das Ergebnis schlechter Energien. Es helfen keine Pulver aus Weintraubenextrakt oder kinesiologische Übungen. Er vergeht auch nicht nach fünfzehn Minuten. Selbst dann nicht, wenn man sein verfluchtes Herzchakra, oder wer weiß, was sonst noch, anzapft. Er ist immer da. Inzwischen ist dieses irgendwie beruhigende Gefühl, nicht allein auf der Welt zu sein, diese Erleichterung darüber, dass nicht nur ich diese Schmerzen habe, sondern sie mit unzähligen Menschen teile, inzwischen ist dieser kurze, kleine Trost wieder verschwunden und ich denke wieder häufiger an Selbstmord. Ich muss nicht mehr erfahren, was es ist oder wie die Krankheit heißt. Wenn es nicht bald weggeht, verliere ich ohnedies den Verstand. Wenn das nicht schon längst geschehen ist. Ein Teil von mir ist völlig kaputt. Und würde es auch bleiben, wenn ich geheilt werden könnte.

Ich will einfach nicht mehr weiterleben.

Gestern habe ich meinen Kopf aus Frust so lange gegen die Wand geschlagen, bis er blutete. Und tatsächlich, für ein paar Minuten hatte ich das Gefühl einer leichten Linderung. Eine schwelende Taubheit in meiner Stirn. Aber dann ist alles gleich wieder zurückgekehrt.

Ich habe mittlerweile nicht mehr genug Tabletten, um verlässlich Schluss machen zu können. Ich muss mir etwas anderes überlegen, oder noch einmal hinaus gehen, um Nachschub zu besorgen.

Ich werfe mir meine abendliche Dosis ein und versinke in einem Bett aus Dornen und Glasscherben, die langsam aus meinem Kopf gezogen werden. Ich habe die Nachrichten eingeschalten und ganz leise gedreht, um zu sehen, ob es etwas Neues in dieser Sache gibt. Während die Drogen ihre Wirkung tun, höre ich, dass in den vergangenen zwei Tagen noch mehr Menschen, die an der neuen Krankheit leiden, in Hospitäler eingeliefert werden mussten. Ich drehe mich um und schließe die Augen.

Es muss früher Morgen oder noch Nacht sein, denn es dringt kein Tageslicht durch die Vorhänge. Ich öffne die Augen und sauge durch meinen ausgetrockneten Mund gierig Luft ein. Noch immer fühlt sich mein Gehirn an, als würde es auf einem Grill liegen, aber es ist anders. Dumpfer. Als hätte ein Zahnarzt eine Narkosespritze in meine Stirn gejagt. Meine Augenlider sind schwer und meine Nasenwurzel fühlt sich reichlich geschwollen an.

Als ich danach greife, spüre ich eine Schwellung unter meiner linken Augenbraue, direkt an der Nasenwurzel. Das ist neu. Ich schiebe mich von meiner Couch, noch immer ist der Fernseher an, noch immer laufen Nachrichten. Nein, halt, irgendein Katastrophenfilm in Wiederholung. Mein Nacken brennt und mein Körper ist wie üblich ein Wrack, aber ich schaffe es schließlich, mich hochzuziehen.

Wie betäubt gehe ich ins Badezimmer, warte, bis ich mich halbwegs an das Licht gewöhnt habe und blinzle in den Spiegel. Ich sehe aus wie immer. Nur noch älter und zermürbter. Blass, abgerissen und verschwitzt. Und dann ist da noch etwas anderes. In meinem linken Auge ist eine Ader geplatzt. Feingliedrig, wie die Weltall-Aufnahme eines großen Flusses durchziehen rote Zickzackmuster den halben Augapfel. Ein Schauder lässt meine Schulter zucken und für einen Moment muss ich mich abwenden. Aber es hilft nichts, ich muss doch genauer hinsehen. Ja, eine geplatzte Ader. Dunkelrot und mächtig. Aber das ist noch nicht alles.

Daneben sitzt eine Schwellung an meiner Nasenwurzel. Sie hat die Größe eines gut zerkauten Kaugummis. Wie eine gewaltige Hautunreinheit. Und doch irgendwie anders. Ich sehe, wie sich meine Stirn in Falten legt. Ich rücke näher, ganz nah. Langsam führe ich einen Finger an mein Gesicht. Krieche über die Stirn gegen die Geschwulst. Sie ist heiß, aber weich. Sie gibt nach. Sie lässt sich um ein paar Millimeter verschieben. In beide Richtungen. Was zur…?

Ich lasse die Hand sinken und mache einen Schritt zurück. Dumpf pocht der Schmerz, er ist noch da, aber er schlummert wie unter einer Bleidecke in meinem Kopf. Als würde er betäubt worden sein. Ich spüre, wie sich meine taube Haut über der Schwellung spannt, während ich überlege. Ich kann denken. Ich kann klare Gedanken fassen. Und ich brauche keine kleine Ewigkeit dafür. Wieder trete ich näher, will mir das Ding noch einmal ansehen, und denke angestrengt nach. Es muss sich etwas gelöst haben und als Eiterpfropfen nach unten gerutscht sein. Anders kann ich es mir nicht erklären. Ich halte das rechte Nasenloch zu und versuche, mich zu schnäuzen. Sofort kreischt es sekundenlang durch meinen Schädel, sodass ich vor Schmerz laut aufschreien muss. Ich glaube, gleich das Bewusstsein zu verlieren. Als ich meine Fassung wiedergewonnen habe, halte ich mich am Rand des Waschbeckens fest.

Vorsichtig richte ich mich auf und spüre, wie sich mein vom wochenlangen Liegen und Sitzen verspannter Nacken meldet. Die Schwellung hat sich nicht verändert. Ich will noch einmal versuchen, sie vorsichtig zu verschieben. Vielleicht schaffe ich es, die Flüssigkeit durch die Nase abzuleiten.

Mit dem Zeigefinger fahre ich über die Augenbraue und spüre den heißen Widerstand. Ich drücke vorsichtig. Es schmerzt nicht und die Schwellung verschiebt sich ein klein wenig, bleibt dann aber unverändert. Ich schlucke, beiße mir auf die Lippen und erhöhe den Druck. Jetzt schmerzt es richtig. Aber anders als sonst. Es kommt direkt aus der Nasenwurzel, nicht aus der Stirn oder aus dem Inneren meines Kopfes. Es ist der Eiterherd, der sich meldet. Ich drücke fester, spüre, wie er nachgibt. Nur noch ein wenig, und er würde sich lösen. Mit dem Daumen fixiere ich meine Nase und versuche, ihn den ganzen Nasenrücken hinunterzuschieben. Wieder verschwimmt mein Blick, obwohl ich inzwischen viel Schlimmeres gewöhnt bin.

Da bewegt sich etwas. Ich spüre es deutlich, fühle, wie es sich verschiebt. Es ist unter meiner Haut. Stecknadelkopfgroß wölbt sich etwas nach außen und verschwindet sofort wieder. Ich schreie.

Es arbeitet in mir, in meiner Nase passiert plötzlich etwas. Es löst sich und mit einem Schwall aus Blut und gelber und klarer, zäher Flüssigkeit klatscht etwas ins Waschbecken. Mir wird schwindlig, ich sinke in die Knie, klammere mich am Beckenrand fest und versuche wieder ruhig zu atmen. Die Schwellung ist verschwunden, die Taubheit beginnt abzuklingen und ich spüre den alten Schmerz erwachen. Mein rascher Puls bringt mein Shirt zum Flattern.

Zitternd zwinge ich mich hoch und sehe, wie neben dem Loch für das Abflussrohr, in einem Bett aus Eiter und gestocktem Blut etwas liegt. Es sieht aus wie eine dieser braun getigerten, glatten Muscheln, die man in Italien überall kaufen kann. Nur in der Größe eines einzelnen ›tic tac‹.

Langsam gleitet dieses Floß aus Schleim und Blut auf den Abfluss zu. Aus irgendeinem Grund will ich es auffangen, aber noch bevor ich nach dem Verschluss greifen kann bewegt es sich. In dem Moment, in dem es über die Chromkante in die Dunkelheit rutscht, rollt sich diese Minimuschel aus wie eine Babyschnecke, die man im frisch gekauften Biosalat häufig findet. Ich sehe den grauen Bauch, sehe Fühler, sehe, wie es sich krümmt und dann ist der ganze Fleck schon in den Abfluss geflutscht.

Es war in mir. In meinem Kopf. Die Übelkeit packt mich im Genick, greift mir durch den Leib in den Magen und ich muss Galle in die Toilette würgen.

Ich schleudere mein Telefon in die Ecke, nachdem ich den Notruf abgesetzt habe. Ich brülle den Garderobenständer an. Ich hasse ihn. Ich verheddere mich im Mantel und reiße das ganze Ding um. Es kracht, als ich gegen das Bücherregal knalle und einige Bände raschelnd zu Boden fallen. Ich stolpere zurück und trete mit ganzer Kraft gegen das Sofa, dass es klirrt. Ich umklammere meine Beine und strecke den Kopf vom Rest meines Körpers. Ich tobe.

Blaulicht in meiner Straße. Die Klingel. Männer in Uniform. Ich rufe um Hilfe. Gummihandschuhe. Eine Trage. Ich kann mich nicht bewegen. Im Treppenhaus die funkelnden Augen einer Nachbarin im Spalt der Eingangstür. Autotüren, die zufallen. Sirenen. Ein Infusionsbeutel. Eine maskierte Frau. Schwarz.

Sie haben mir Infusionen gegeben. Blut abgenommen. Ich schlafe immer wieder ein. Sehe die flirrende Deckenbeleuchtung von Krankenzimmern. Höre das Geräusch quietschender Gummisohlen auf dem Linoleum. Mir ist übel. Ich habe vergessen, warum ich hier bin. Wie ich hierhergekommen bin. Dann fällt es mir wieder ein. Die Schmerzen sind zwar noch immer da, nur nicht so, wie sonst. Konstant an meinem Hirn nagend, aber schlummernd. Meine Augen brennen schlimmer denn je, als man mich wieder losmacht. Es sind Männer in Ganzkörperanzügen, die mich von den Gurten befreien, mit denen man mich auf das Bett geschnallt hat. Das Kopfteil wird hochgestellt und vor mir, hinter einer Glas- oder Plastikwand, sitzt ein junger Mann in weißem Kittel und mit Vollbart, der mich mit einer Mischung aus Sorge und Anerkennung ansieht. In der Ecke des Einzelzimmers, direkt hinter ihm, steht eine lieblos hingepflanzte Zimmerpalme ohne Übertopf. Sonst ist der Raum leer.

»Wo bin ich?«, frage ich den Mann.

»Im Krankenhaus. Sie sind in guten Händen«, sagt er und hebt aufmunternd das Kinn. Nur eine Rosenquarzlampe sorgt für angenehm gedämpftes Licht. Er scheint meine Gedanken zu hören.

»Wir haben herausgefunden, dass solche Lampen am besten bei Patienten wie Ihnen funktionieren.«

»Patienten wie mir?«, krächze ich und muss sofort husten. Mein Hals ist trocken. Er deutet auf eine Schnabeltasse. Ich nehme sie. Der gesüßte Kamillentee tut sofort seine Wirkung. Ich sehe ihn fragend an. Er scheint zu überlegen, scheint, sich die Worte erst zurechtlegen zu müssen und es wirkt, als würde es ihm sehr schwerfallen, die richtigen zu finden.

»Was ich Ihnen jetzt mitteilen muss, wird Sie sehr schockieren. Es ist wirklich nicht einfach es auszusprechen, aber ich will ganz ehrlich zu Ihnen sein.«

Ich bekomme Angst. Große Angst. Er atmet tief ein und hält dann kurz inne, ehe er weiterspricht.

»Sie sind nicht die Einzige, die davon betroffen ist.«

»Betroffen wovon?«

Er seufzt, sieht sich einen Moment in dem engen Krankenzimmer um, schafft es aber nicht, mir in die Augen zu schauen, während er spricht.

»Wir kennen die Ursache Ihrer Kopfschmerzen. Sie scheinen… eine Art Parasiten zu haben.«

Ein Erdbeben erschüttert meine Welt.

»Wir können noch nichts Genaueres sagen, aber es scheint sich um einen lebenden Organismus zu handeln, der vorzugsweise Säugetiere befällt, und hier besonders Primaten. Darf ich Sie fragen, ob Sie irgendwann in den letzten Monaten in tropischen Ländern geurlaubt haben.«

Ich verstehe seine Frage nicht. Sie scheint aber auch nicht wichtig zu sein. Er sieht mich nur kurz an, nickt und spricht weiter: »Es ist ein Bauchfüßer, der seine Eier in den Nebenhöhlen eines potenziellen Wirtes ablegt. Uns fehlt noch eine ganze Menge an Wissen. Aber was wir heute schon sagen können, ist, dass diese Eier rasch wachsen und gewaltige Entzündungen in Stirn- und Kieferhöhlen hervorrufen. Die haben Ihre Schmerzen ausgelöst. Das große Problem dabei ist, diese Eier restlos zu entfernen, ist wahnsinnig schwierig. Oder besser gesagt, kaum möglich. Wenn der Parasit überlebt, legt er sofort wieder neue Eier. Da das Muttertier sehr klein ist, ist es mit herkömmlichen bilddiagnostischen Methoden nur sehr schwer zu erkennen.«

Er hält inne und mustert mich wieder einen kurzen Moment. Fast noch schlimmer als seine Worte, denn die ergeben für mich einfach keinen Sinn, beunruhigt mich sein Blick, mit dem er mich jetzt ansieht, und den er keine zwei Sekunden halten kann.

»Da... Das ist doch gar nicht möglich. So etwas gibt es doch nicht«, flüstere ich.

Er seufzt wieder, streicht sich über den Bart und rückt auf seinem Sessel kurz hin und her.

»Ich befürchte doch... Es sind einige parasitäre Fleischfresser bekannt. Sie kennen doch die Horrorgeschichten von Fliegen, die ihre Eier unter der Haut von Menschen ablegen. Nun, auch das gibt es wirklich. Es gibt eine Vielzahl von Organismen, die ihre Eier in Körperöffnungen oder Wunden von größeren Lebewesen ablegen und sich von Körperflüssigkeiten, Gewebe oder Fleisch ernähren. In der Regel sind aber vor allem Huftiere davon betroffen. Wie diese andere Gattung, denn es handelt sich augenscheinlich um keine Fliegen, sondern um schneckenähnliche Tiere, in den Körper gelangt, und warum vor allem Menschen betroffen zu sein scheinen, wissen wir noch nicht. Wir wissen auch nicht, wie genau sie von den Nebenhöhlen durch den Schädelknochen in Gehirn und Rückenmark gelangen. Möglicherweise über den Sehnerv. Aber das ist Gegenstand von...« Er verstummt, weil ich ihn unterbreche.

»Nein. Nein, nein. Das ist nicht möglich. So etwas ist doch nicht möglich«, will ich ihm erklären. Er muss sich täuschen. Ich muss mich täuschen.

Aber er schüttelt nur traurig den Kopf, atmet aus und sagt nur einen Satz: »Leider doch.«

Krampfhaft versuche ich, ruhig zu bleiben. Aber es hat wenig Sinn. Mein Herz hämmert wild von innen gegen meine Brust. Aber nicht zu wild. Ich wundere mich, dass ich jetzt nicht vollkommen durchdrehe. Schon wieder scheint er meine Gedanken zu kennen. Er nickt zu dem Infusionsschlauch, der von meinem Venenweg zu einem Bügel unter der Decke führt und in einem kleinen Loch daneben verschwindet. Ebenso wie ein Kabelstrang, der mit EKG-Dioden auf meiner Brust verbunden ist.

»Wir haben Ihnen verschiedene Medikamente verabreicht. Darunter auch Beruhigungsmittel. Auch Ihre Schmerzen sollten sich jetzt in Grenzen halten.«

»Werden sie helfen?«

»Die Beruhigungsmittel?«, sagt er. »Ja. Der Rest… Nein.«

»Das heißt, in meinem Schädel wachsen… Schnecken, und es lässt sich nichts dagegen… tun?«

Zum Schluss hüpft mein Kehldeckel hoch und ich verschlucke das Wort.

»Wir arbeiten daran. Aber in Ihrem Fall… Nein.«

Ich habe mich in meinem Leben noch nie so machtlos gefühlt. Ich starre schweigend in die Rosenquarzlampe. Es herrscht minutenlange Stille. Der Mann hat aber genügend Taktgefühl, sie nicht als Erster zu durchbrechen.

»Wie heißen Sie?«, frage ich und wische mir eine Träne aus dem Augenwinkel. Aus irgendeinem Grund muss ich lachen. Ein verzweifelter Versuch, meine Angst zu überspielen.

»Dominik.«

»Dominik«, wiederhole ich.

»Wie lange habe ich noch…?«

»Das kann ich Ihnen nicht sagen, Heike. Es kommt darauf an.«

»Worauf?«

Wieder vergeht geraume Zeit, bis er Worte findet, die er für angemessen hält. »…wie viele bereits geschlüpft sind, und wie schnell sie wachsen. Bisher haben wir nur Annahmen. Es gibt kaum Fälle, die bereits so weit fortgeschritten sind, wie Sie. Sie sind eine der Ersten.«

»Wie groß werden diese Dinger?«

Ich weiß nicht, warum ich das frage. Aber er scheint gewillt, mir zu antworten. Das rechne ich ihm aus irgendeinem Grund hoch an.

»Wir gehen von zehn bis zwanzig Zentimetern aus. Die Tigernacktschnecke, mit der am meisten Ähnlichkeit zu bestehen scheint, erreicht ihre volle Länge nach sechs bis acht Wochen. Seltene Exemplare erreichen eine Länge von… bis zu vierzig Zentimetern.«

Mir wird speiübel.

»W… Wieviele sind davon betroffen?«, frage ich, nachdem ich versucht habe, den galligen Geschmack im Mund mit Kamillentee zu vertreiben.

»Die Zahl ist im Begriff zu explodieren. Wir kennen die Ursache nicht. Wenn ich es nicht besser wüsste, würde ich sagen, es handelt sich um eine biblische Plage.« Er lächelt. Ich würde es ihm gerne gleichtun. Ihm Anerkennung für seinen Versuch zollen, Heiterkeit zu stiften. Aber ich schaffe es nicht.

»1.200 bestätigte Fälle innerhalb der EU. 680 in den USA. In anderen Teilen der Welt sind allerdings weniger gemeldet«, sagt er sachlich.

»Wie viele habe ich in mir?«

»Wie gesagt, wir wissen noch nicht genau, wie es funktioniert. Aber im Schnitt gehen wir von rund 200 Eiern aus, die pro Wirt abgelegt werden.«

Ein Brechreiz kitzelt meinen Rachen. Ich brauche einige Zeit, um ihn zu unterdrücken.

»Habe ich diese Schmerzen, weil sie schon in meinem Gehirn sind?«, frage ich ihn und gleichzeitig stelle ich mir selbst die Frage, warum ich das denn wissen will.

»Nein, das hätte man bei den Untersuchungen gesehen. Sie sind vor drei Tagen bei Ihnen geschlüpft und erst seitdem dabei, richtig einzudringen.«

»Aber kann man sie denn nicht aufhalten? Gibt es denn nichts, was man…?«

Er schüttelt den Kopf. »Nicht, ohne dabei Ihr Leben zu riskieren.«

»Dann riskieren wir!« Meine Hand hat sich zu einer Faust geballt.

Er atmet aus. »Das ist aber nicht so einfach.«

»Warum? Ich bin dafür bereit. Wir sollten keine Zeit verlieren!«

»Bisher sind alle Patienten während des Eingriffs gestorben. Wir wissen nicht genau warum. Es hängt mit dem zentralen Nervensystem…«

»Na und? Lieber sterbe ich so, als Schneckenfutter zu werden, verdammt!«

Indem ich es ausspreche, wird mir plötzlich bewusst, dass ich schon in kurzer Zeit tot sein werde. Es trifft mich trotz aller Medikamente wie ein Hammer auf die Brust. Einen Sekundenbruchteil schnappe ich nach Luft. Ich spüre, wie mein Blutzucker absackt. Alles wird einen Moment lang hell und grell und überscharf. Wieder hat Dominik das Gespür, nichts zu sagen. Gemeinsam schweigen wir lange.

»Warum können wir es nicht versuchen?«, frage ich in flehendem Tonfall. Es ist die einzige Hoffnung, die ich noch habe.

»Das können wir.«

Ich sehe ihn an. Sein Blick ist starr auf den Boden gerichtet. Standhaft weigert er sich, mich anzusehen. Seine Kiefermuskeln arbeiten unter dem Bart. Er hat die Ellbogen auf die Knie gestützt und nestelt tote Haut von seinen Fingerkuppen. Er wirkt wie einer, der Buße tut.

»Aber ihr wollt es nicht?!«, frage ich vorsichtig.

»So einfach ist das nicht. Wir haben eine Bitte an Sie.«

»Welche?«

Wieder diese lange Pause. Diese verfluchten Pausen, in denen er seine Worte sorgfältig wählt. Als müssten sie ihm erst eingeflüstert werden.

»Es hat noch niemand so lange überlebt, wie Sie. Bei allen Patienten weltweit, wurden in diesem Stadium bereits Eingriffe vorgenommen, die aber kläglich gescheitert sind, oder die Patienten haben sich vorher umgebracht. Oder sie sind an Vorerkrankungen oder Herzinfarkten und Schlaganfällen verstorben. So weit wie Sie, hat es bisher noch keiner geschafft.«

Er redet mit dem Fußboden. Nicht mit mir. Er sieht mich nicht an.

»Sie wollen sehen, was passiert«, sage ich leise. Sein Kopf sinkt noch tiefer und jetzt helfen alle Drogen der Welt nichts mehr. Ich glaube, gleich einen Herzinfarkt zu bekommen. Ich muss den Kopf zurücklegen. Die Panik walzt deutlich spürbar, als wäre sie flüssig, durch meinen ganzen Oberkörper. Wieder und wieder.

»Hören Sie, Heike. Es handelt sich um eine unbekannte Spezies. In Wahrheit haben wir keine Ahnung, ob sie etwas mit Schnecken zu tun hat. Nach allem was wir wissen, können wir nicht einmal mit Sicherheit sagen, dass sie von diesem Planeten sind… Ich meine, so plötzlich, wie die aufgetaucht sind. Heike, wir brauchen Sie. Hören Sie mich?«

Ich schüttele den Kopf. Wild von einer Seite zur anderen. Rucke hin und her, dass es in meinem Nacken hörbar kracht.

»Nehmen Sie Affen.«

»Haben wir versucht, aber es funktioniert nicht… Hören Sie, die Erkenntnisse wären für die Wissenschaft unendlich wertvoll. Sie würden womöglich Abertausende Leben retten! Heike, verzeihen Sie, ich musste so direkt sein. Wir haben keine Zeit.«

Ich schreie: »Das ist unmöglich legal!«

»Theoretisch brauchen wir Ihr Einverständnis gar nicht. Wir haben Sie nur auf Geheiß des Ethikrats aufgeklärt. Das hätten wir gar nicht tun müssen. Es geht nur darum, dass Sie sich nicht selbst etwas antun, ohne Sedierung. Oder einen Herzinfarkt erleiden vor Aufregung.«

»Ihr Monster! Das ist unmöglich legal! Was seid ihr für Menschen«, kreische ich panisch.

»Ich fürchte doch. Der Gesetzgeber hat per Verfassungsänderung beschlossen, dass durch oberärztlichen Vormundbescheid Patientenverfügungen erstellt werden können, wenn dies im Sinne des Gemeinwohls und der öffentlichen Sicherheit ist. Es gilt jetzt das Kriegsrecht. Und in Ihrem Fall…«

Ich höre nicht mehr zu. Ich will aufstehen, aber mir ist von den Drogen so schwindlig, dass ich direkt neben der Trage auf den Fliesenboden aufschlage. Sofort reißen ein paar der EKG-Dioden von meiner Brust. Ich schreie auf und zerre wütend den Rest herunter. Meine Beine sind völlig taub. Sie fühlen sich an, als hätte ich stundenlang auf ihnen gesessen. Dominik ist aufgestanden und in die Hocke gegangen. Er stützt sich an der Glasscheibe, die uns trennt, ab und ruft mir Worte zu. Ich verstehe kaum etwas.

»Wir müssen anfangen, die Sedierung abzusetzen, wenn wir unverfälschte Ergebnisse haben wollen. Die Medikamente beeinflussen auch die Parasiten. Ich bitte Sie, beruhigen Sie sich. Wir brauchen Sie. Die Menschen… die Menschheit braucht Sie!«

Ich tappe die Glaswand entlang, hinter der er sitzt, zerre an dem Patientenkittel, den man mir angezogen und der sich im Geländer des Krankenbetts verfangen hat. Der Stoff reißt und ich falle erneut hin. Ich finde die Tür, durch die die Männer, die mich losgemacht haben, vorhin gegangen sind. Aber sie ist versperrt. Mein Arm ist blutig, ich habe versehentlich den Venenweg herausgerissen, sodass dunkles Blut auf die Fliesen spritzt. Ich muss mich um mein Bett regelrecht herumschlängeln, so wenig Platz habe ich. Ich rutschte mit meinen nackten Füßen auf dem Blut aus.

Ich trommele mit den Fäusten wütend gegen das Glas, verschmiere alles mit Blut, aber es gibt nicht nach. Es bleibt unzerbrechlich, sodass mir die Hände nach dem zweiten Schlag fürchterlich wehtun. Als hätte ich gegen Eisen geschlagen. Ich fahre herum und trete mit den Füßen kräftig zu. Aber alles was passiert, ist ein leises Schnalzen, das durch meinen Knöchel zuckt. Ich will aufstehen, rutsche wieder aus und falle erneut hin. Diesmal mit dem Kopf gegen den Handlauf des Betts. Dumpf brüllt mein alter Bekannter durch meinen Schädel: »Ich habe dich nicht vergessen.«

Sobald die Medikamente wegbleiben, wird der Schmerz mit voller Wucht zurückkehren. Während mich Riesenschnecken bei lebendigem Leib von innen auffressen. Nein!

Die Vorstellung von dem, was mir bevorstehen soll, ist unerträglich. Unvorstellbar. Das nackte Grauen.

Ich drehe mich zu Dominik. Einen Moment halte ich inne. In der Spiegelung des Glases sehe ich meine eigenen Augen wild funkeln.

»Ich habe ein Recht zu sterben wie und wann ich will! Und niemand kann mir das nehmen!«

»Nein. Verstehen Sie denn nicht. Es ist falsch. Tun Sie das nicht. Sie dürfen nicht aufgeben!«, beteuert er.

»Ganz genau. Ich gebe mich nicht auf«, sage ich, muss mich dabei festhalten und sehe mich um. Ich steige schwankend auf das Bett, kippe beinahe herunter und muss mich an der Wand abstützen. Ich greife nach dem Kabelstrang, der neben dem Infusionsschlauch in der Decke verschwindet. Draußen wird es hektisch. Hinter Dominik wird eine Tür aufgerissen und grelles Licht wird angemacht. Es wirft mich beinahe um, so sehr brennt es in meinen Augen. Menschen drängen sich an der Glastür. Ich schreie und will einen Knoten knüpfen. Die Tür ist auf. Sie zerren an mir. Ich klammere mich an den Kabeln fest. Ich trete wild um mich. Ich schreie. Ich treffe auf Knochen. Brüllen. Schreie. Tränen. Blut.

»Sie sind in der Notaufnahme«, sagt jemand, als ich mich aus der Ohnmacht blinzle. Im Hintergrund piepst es rhythmisch. An meinem Finger klemmt etwas.

»Können Sie mir Ihren Namen sagen und wo Sie sind?«

»Heike Stratt. Und ich bin in einer Notaufnahme«, krächze ich noch völlig benommen und das Maskengesicht, zu dem die Stimme gehört, nickt zufrieden.

»Heike, wo haben Sie Schmerzen?«

»Es ist so grell. Könnten Sie das Licht…? Mein Kopf explodiert gleich«, sage ich.

»In Ordnung. Wir werden Ihnen sofort helfen. Ist eine Vorerkrankung bekannt? Leiden Sie an Migräne oder Epilepsie?«

Ich will ihr ins Gesicht schlagen, weil sie es mit Migräne vergleicht. Sage aber nichts. »Warum Epilepsie?«

»Sie hatten einen Anfall, Heike.«

»Einen Anfall?«

»Einen Krampfanfall.«

Ich habe das Gefühl, sie schreit mich an. Sie spricht absichtlich so laut, um mir wehzutun.

»Wann?«

»In der Tankstelle.«

»Ich… Ich war seit Tagen nicht mehr einkaufen.«

»Sie können sich nicht mehr erinnern?«

»Nein. Ich habe doch… Das stimmt nicht, ich habe doch…« Ich will mich aufsetzen. Aber es geht nicht. Sie trägt einen Atemschutz und darüber so etwas wie ein Visier aus Plexiglas. Es ist ein Spritzschutz.

»Was ist das Letzte, woran Sie sich erinnern können?«

»Dass ich den Notruf angerufen habe.« Ich bin mir nicht sicher. Alles verschwimmt.

»Heike, Sie haben den Notruf nicht angerufen. Sie haben einen alten Mann angegriffen und sind dann zusammengebrochen.«

»Nein«, sage ich bestimmt.

»Heike, Sie sind seit…«

Ich sehe mich, wie ich mein Telefon in die Ecke schleudere. Sehe, wie es einer dicken Frau an den Kopf fliegt. Jemand greift nach mir. Ich schreie den Garderobenständer in meiner Wohnung an. Schreie einen alten Mann in einer

Tankstelle an. Er trägt einen weiten Mantel. Ich hasse ihn. Ich will mich losreißen.

»Heike? Können Sie mich hören…? Ich glaube wir…«

Ich reiße meinen ganzen Kleiderständer um. Ich reiße den ganzen Mann um. Es kracht, als ich gegen mein Bücherregal knalle. Kracht, als ich in der Tankstelle gegen ein Regal mit Chips-Tüten knalle. Die Bücher rascheln, die Chips-Tüten rascheln, als sie zu Boden fallen. Ich komme auf die Beine, stolpere zurück und trete gegen mein Sofa. Es ist eine große Kühlbox voll Eis. Ich sinke neben der Kasse in eine Ecke und schreie und weine.

Ich höre, wie das Piepsen im Hintergrund schneller geworden ist. Mein Herz rast.

»Jetzt nur nicht aufregen, Heike.«

»Was… Wo bin ich…?«, rufe ich und schnappe nach Luft. Die Welt ist verrückt geworden. Das stimmt hier alles nicht.

»Beruhigen Sie sich, Heike. Wir kümmern uns um Sie!«

Sie leuchtet mir mit einer Taschenlampe in die Augen und brennt sich durch bis zu meinem Hinterkopf.

Ich kreische und will ihr das Ding aus der Hand schlagen.

»Ich rege mich nicht auf!«, schreie ich, »Ich will… Nein!«

Jemand greift nach mir. Der Schmerz zerreißt mir das Gehirn. Ich brülle das grelle Licht an: »Ich habe Kopfschmerzen. Seit Wochen! Sie lügen! Das stimmt alles nicht! ICH habe den Notruf gerufen, nachdem dieses Ding mir aus der Nase…«

»Welches Ding?«, sagt eine Stimme. Ich kenne sie nicht.

Ich antworte nicht. Ich versuche, mich umzusehen, aber das grelle Licht des Raums lässt alle Konturen, die weiter weg sind, zu einem flirrenden Nichts verschwimmen.

»Welches Ding, Heike?«

»Ich bitte Sie, machen Sie das Licht aus. Ich flehe Sie an. Rufen Sie Dr. Senner an. Ich bin in Behandlung, wegen meiner Kopfschmerzen«, schluchze ich und versuche irgendetwas zu erkennen. Aber wenn ich die Augen aufmache, ist da nur Licht. Sengendes, brennendes, neongrelles Licht.

»Wer ist Ihr behandelnder Arzt?«

»Doktor Senner, du dumme Kuh, verdammt. Schalt das Licht ab!«, schreie ich sie plötzlich an und setze mich auf. Ich werde von mehreren Händen niedergedrückt. Gurte fixieren mich. Das Piepsen wird zu einem Dauerton.

»Lasst mich los! Loslassen«, brülle ich. Dunkelheit.

Ich stehe vor meinem Spiegel. Sehe mir in die Augen. Ein Äderchen ist geplatzt. Plötzlich muss ich erbrechen. Ein Schwall aus Salatschnecken und Würmern klatscht in das Becken. Aus Nase, Mund und Augen strömen sie, bis es vollläuft und sie über den Rand glitschen und auf meine Füße platschen.

»Das ist schwer für Sie zu verstehen, ich weiß das. Aber Sie leiden an einer Psychose. Einem psychischen Ausnahmezustand, der in Schüben auftritt«, sagt die Frau.

Ich will mir meine Ohren reiben, denn ihre Stimme klingt wie die meines Neurologen. Ich kann mich aber nur mehr ein paar Zentimeter bewegen. Ich bin festgegurtet und muss an eine weiße Decke starren, die von irgendeinem indirekten Licht beleuchtet wird.

Irgendetwas verstopft meine Nase. Es ist anders als sonst. Sie pocht heftig.

»Alles in Ordnung?«, fragt sie. Sie hat sich mir schon vorgestellt. Aber ihr Name interessiert mich nicht. Irgendwo höre ich Vögel zwitschern. Es klingt, als würde es aus einem Lautsprecher kommen.

»Wieso kriege ich keine Luft?«

»Sie haben sich die Nase gebrochen. Wir versuchen noch herauszufinden wie, aber es scheint passiert zu sein, bevor Sie in die Tankstelle gegangen sind. Möglicherweise sind Sie im Badezimmer ausgerutscht und am Waschbecken aufgeschlagen. Wir haben dort frisches Blut entdeckt.«

»Wo ist der Doktor?«, gehe ich nicht weiter darauf ein.

»Ich bin ja hier«, sagt die Frauenstimme.

»Nein, wo ist Dominik?«

»Welcher Dominik?«

Ich muss seufzen. Es ist mühsam. Alles wird mir zu anstrengend. Die Kopfschmerzen sind wieder da, haben mich wieder gefangen und machen das Reden zur Qual.

»Dominik… Der Arzt, der mit mir geredet hat.«

»Entschuldigung, da müssen Sie schon etwas konkreter werden.«

»Der Mann, der mit mir gesprochen hat, während ich in dem Einzelzimmer lag.«

»Wann soll das gewesen sein?«

»Bevor ich in die Notaufnahme gekommen bin.«

Ich möchte am liebsten weinen, weil diese Frau offensichtlich strohdumm ist. Sie räuspert sich.

»Ähm, Heike. Sie sind direkt in die Notaufnahme gebracht worden. Dort hatten Sie einen weiteren Schub und wir mussten Sie sedieren. Anschließend haben wir Sie hierher verlegt.«

Ich schließe die Augen.

»Wie auch immer. Ich möchte, dass Sie wissen, dass wir gut für Sie sorgen. Ihre Mutter ist schon auf dem Weg.«

»Meine Kopfschmerzen bringen mich noch um.«

»Das ist ganz normal bei solchen Anfällen. Das sollte Sie nicht weiter beunruhigen. Das geht normalerweise nach drei bis vier Tagen vorbei.«

»Ich habe sie seit… sechs oder sieben Wochen.«

Ich höre etwas rascheln. Sie scheint ihre Sitzposition zu ändern. Ist da eine andere Stimme? Flüstert da jemand?

»Heike… Sie müssen wissen, wir haben mit Ihrer Hausärztin gesprochen. Sie hat Sie seit ihrer Grippeimpfung im November nicht mehr gesehen.«

Es verschlägt mir die Sprache.

»Das ist nicht… Die vielen Behandlungen. All die… Was ist mit den anderen?«

»Welchen anderen?«

»Kopfschmerzpatienten?«

Wieder höre ich dieses Flüstern von irgendwoher. Wie ein Wispern. Ein Luftzug. Ein leiser Hauch.

»Ich äh… ich weiß nicht, wovon Sie reden. Heike, welches Datum haben wir heute?«

Meine Finger pressen sich zu einer Faust zusammen. Ich fühle, wie meine Glieder hart werden. Die Gurte spannen sich knirschend.

»Warum haben Sie mich so streng gefesselt?«, frage ich, ohne ihr zu antworten.

»Weil Sie sich selbst in die Schulter gebissen haben. Und zwei unserer Pfleger. Wir mussten den Sicherheitsdienst holen… Heike«, die Stimme klingt sanft und verständnisvoll. Sie meint es gut mit mir: »Darf ich Sie etwas fragen? Den Wievielten haben wir heute?«

Ich überlege. Ich muss angestrengt nachdenken. Ich habe große Schmerzen. Es winden sich fleischfressende Schnecken durch meinen Schädel. Das darf ich aber nicht laut sagen.

»Es müsste… Mitte Juni? Den Vierzehnten?«

Ich höre nichts. Sie schweigt so lange, dass ich glaube, sie hat sich vielleicht schon hinausgeschlichen.

»Wir haben heute den dritten März.«

Ja, ich erinnere mich und sehe es ganz genau vor mir, wie ich in Spaghettiträgern durch den Schnee stapfe. Wie ich die Tür zur Praxis meines Neurologen aufziehe und die Sprechstundenhilfe mich entgeistert ansieht. Ich fühle jetzt, wie die eisige Luft in meine Haut schneidet.

»Aber mein Kopf… Bitte geben Sie mir etwas gegen die Schmerzen. Irgendwas. Bitte…«, flehe ich, werde aber nicht erhört. »Können Sie nicht zumindest meinen Kopf losmachen? Ich sehe nur noch diese Decke.«

»Sie haben eine leichte Nackenläsion, weil es Sie bei Ihrem Krampfanfall so geschüttelt hat. Ich habe ehrlich gesagt Bedenken, dass Sie sich wieder wehtun könnten.«

»Die Schnecke«, sage ich, »Dominik…«, schluchze ich.

Dann spüre ich eine beruhigende Hand auf meiner Schulter. Vor meinem Gesicht taucht eine Frau auf und lächelt mich wohlwollend an. Auch sie trägt eine OP-Maske und darüber so etwas wie einen Spritzschutz. Aber sie will mich nicht verstehen. Sie will einfach nicht.

»Warum tragen Sie eine Maske?«, frage ich und spüre, wie mein Herz schneller schlägt.

»Weil Sie gespuckt haben.«

Ich presse meine Lippen aufeinander. Sie lügt.

»Ich hole Ihnen etwas zu trinken. Keine Sorge, Ihre Mutter ist unterwegs. Ihr Partner übrigens auch.«

»Mein Partner?«

»Ja, Michael. Stimmt's?«

Ich weine. März. Wir haben uns noch nicht getrennt.

Ich bin so erschöpft, dass ich nur noch schlafen will. Aber das rasende Pochen in meinem Kopf lässt es nicht zu. Ohne Medikamente ist es unmöglich, Ruhe zu finden. Das weiß ich. Als die Ärztin zurückkommt, bitte ich sie erneut um ein Schmerzmittel.

»Ich kann Ihnen nichts verabreichen. Schmerzmittel verstärken Ihre Psychose nur noch. Deswegen stecken Sie auch so tief drin. Sie haben in den letzten Wochen massiven Tablettenmissbrauch betrieben. Das hat das Ganze womöglich erst ausgelöst. Wir müssen erst noch weitere Tests durchführen.«

»Nein, ich habe die Tabletten nur wegen der Schmerzen genommen«, antworte ich, schwach und benommen. Ich schaffe es nicht, meine Augen offen zu halten, so sehr drückt es mich nieder.

»Sind Sie sich da hundertprozentig sicher?«

Ich versuche zu verstehen, was sie damit meint. Und als ich es begreife, versuche ich mich zu erinnern. Ganz klar, es müssen die Schmerzen gewesen sein, ehe ich die Tabletten genommen habe. Aber ich bin mir nicht sicher.

»Könnten Sie mich nicht kurz befreien? Mich juckt es.«

»Wo? Ich helfe Ihnen.«

Ich schüttele den Kopf.

»Ich bitte Sie, sehen Sie mir doch in die Augen«, sage ich und sie erscheint wieder.

»Können Sie das Licht heller stellen? Ich möchte Ihnen in die Augen sehen«, sage ich und weiß, dass ich die Schmerzen kaum ertragen werde.

Die Frau nickt, verschwindet kurz, während sich das künstliche Licht langsam in mein Hirn brennt. Das Pochen in meinem Schädel wird zu einer ratternden Maschinengewehrsalve. Dann ist sie wieder da, und ich sehe sie an. Aber nicht in ihre Augen.

Es vergehen zwei Tage. Oder mehr. Zwischendurch werde ich ohnmächtig von diesem ständigen Graben und Fressen und Drücken in meinem Kopf. Meine Mutter kommt nicht. Mein Ex kommt auch nicht. Ich frage, wo sie bleiben, obwohl mir das eigentlich völlig egal ist.

»Die Institutsleitung hält es in Ihrem derzeitigen Zustand für besser, wenn Sie keinen Besuch empfangen«, hat sie gesagt. Sie ist immer da, wenn ich nach ihr rufe. Ich frage mich, wann sie eigentlich Feierabend hat. Ich frage mich, ob sie ein richtiges Leben hat. Ob sie überhaupt echt ist.

Dann ist es wieder soweit. Sie kommen und tauschen den vollen Urinbeutel aus. Ich brauche einen Katheter, weil meine Blase nicht mehr richtig funktioniert, hat sie mir erklärt. Alles, was hier nicht funktioniert, alles, was hier nicht stimmt, könne bei Psychosen auftreten. Ich sei keine Psychologin. Ich hätte keine Erfahrung damit. Ich müsse ihr einfach glauben. Aber ich glaube ihr nicht. Sie lügt. Alle lügen. Ich habe es gesehen.

Ich habe mein Spiegelbild in ihrem Gesichtsschutz gesehen, nachdem sie das Licht aufgedreht hat. Ich habe die Aufkleber und Drähte gesehen, die meinen Kopf vollpflastern. Ich habe die Elektroden gesehen, die meinen Körper bedecken. Ich habe gesehen, womit sie mich vermessen und überwachen. Ich habe die Schläuche gesehen. Und ich habe *Es* gesehen. Ich habe gesehen, wie *Es* sich bewegt, unter meiner Stirn. Wie sie dort kriechen und wuseln und krabbeln.

Ich habe gesehen, was wahr ist. Und weil ich keine Laborratte bin, und weil ich nicht lebendig aufgefressen werden will, und weil ich ein Recht habe, zu sterben, bitte ich sie, mir zu trinken zu geben, als sie auf der einen Seite meines Betts steht. Sie kann nicht herumgehen, weil da die Pfleger zu Gange sind.

Sie beugt sich über mich. Ich habe vier Zentimeter Spielraum mit meinem Kopf. Vier Zentimeter, die Gurte zu dehnen. Ich schnappe nach ihr und schlage ihr meine Zähne in den Hals, spüre Sehnen und dünne Muskelstränge unter der Haut und schreie spuckend: »Lof machen! Fofort!«

Sie machen mich los. Sie machen mich wirklich los. Erst eine Hand. Dann die zweite. Ich packe ihren Kopf.

»Auch die Füfe!«, herrsche ich sie an. Sie tun es.

»Bitte«, flüstert sie. Aber ich beiße wieder zu. Ich beiße so fest zu, dass es mir wehtut. Ich werfe den Kopf herum und etwas reißt. Blut spritzt mich voll. Die Pfleger schreien und rennen hinaus. Einer will absperren. Ich sehe mich um, ich bin wieder in dem Glasschrank, durch den ich mit Dominik gesprochen habe. Die Frau presst die Hände auf ihren Hals, zwischen ihren Fingern spritzt in Schüben Blut an die Decke. Sie prallt gegen einen Pfleger und sinkt nieder. Er zieht sie weg, beugt sich über sie, drückt die Stelle ab, während ich mich von dem Bett rolle. Ich reiße dutzende Elektroden von mir herunter.

Ich entferne mit einem Ruck den Schaumstoffhelm mit den vielen Drähten von meinem pochenden Schädel und ziehe schreiend den Katheter aus meiner Blase. Ich steige aus dem Bett, stürze dabei zu Boden. Der verbliebene Pfleger will die Tür schließen, aber ich ramme das Bett dagegen, sodass sie ihm ins Gesicht knallt. Mit blutender Nase hinter seinem Gesichtsschutz weicht er benommen zurück. Ich jage ihn hinaus, stolpere an der Frau und dem Mann vorbei, der versucht, ihren Hals abzudrücken. Hinaus zur nächsten Tür. Ich bin in einem Flur. Der Pfleger will mich aufhalten. Ich trete nach ihm. Er bekommt mich zu fassen und ich reiße ihm das Plastik vom Kopf. Ich spucke ihn an und er stößt mich von sich. Er stolpert zurück und flucht.

Ich renne in die entgegengesetzte Richtung. Meine nackten Füße patschen über den Boden. Es ist hell von künstlichem Licht, ich muss meine Augen davor schützen. Irgendwo wird eine Tür aufgestoßen. Lautes Geschrei hinter mir. Sonst nur noch meine patschenden Füße. Ich pralle gegen eine Wand, als es um die Ecke geht. Vor mir: eine Glastür. Ein junger Mann tritt gerade heraus. Nur ein paar Meter. Er verstaut eben seine Zugangskarte, sieht mich, lässt vor Schreck seinen angebissenen Müsliriegel fallen. Ich stürze auf ihn zu, stoße ihn zur Seite, dränge mich vorbei und renne weiter.

Schritte. Ich höre schnelle Schritte. Sie kommen, also rutsche ich der Wand entlang zu Boden. Ich bin blutverschmiert, hinterlasse eine deutlich sichtbare Spur. Ich schließe die Augen, liege mit dem Gesicht nach unten auf den Fliesen, stelle mich tot und warte darauf, entdeckt zu werden. Panik. Aber die Schritte eilen an mir vorüber. Jemand hält auf meiner Höhe kurz inne. Dann entfernt er sich fluchend. Stimmen. Als der Gang wieder leer ist, rappele ich mich auf. Mein Kopf zerplatzt fast.

Ich renne weiter. Immer weiter. Noch eine Tür. Sie ist verschlossen. Die Zugangskarte! Ich hätte ihm die Karte abnehmen sollen. Hinter mir wieder Schritte. Ich drehe mich um. Menschen. Zwei haben Pistolen in der Hand. Ich suche verzweifelt nach einem Ausweg. Ein Schacht. Ich bin dünn und klein.

Ich habe es geschafft. Ich sehe Tageslicht. Graues, dämmeriges Tageslicht. Ich renne darauf zu, stoße die Tür auf. Diesmal gibt es kein Schloss mehr. Ich muss mir eine schützende Hand vorhalten. Es ist so hell. So ungewohnt. Ich laufe hinaus und spüre, wie sich der Boden verändert. Es ist nasser, rauer Asphalt. Aber da ist auch noch etwas anderes. Ich sehe hinunter. Schnecken. Es sind Nacktschnecken, die vereinzelt am Boden liegen. Ich bleibe stehen.

Ein kalter Schauder durchzuckt mich. Ein Brüllen, Zischen und Brummen ist über mir. Mit solcher Gewalt fegt es über mich hinweg, dass es mich in die Knie zwingt, während ich mir die Ohren zuhalte. Ich verspüre den heißen Luftdruck am ganzen Körper, sehe hoch und folge zwei Düsenjets, die laut dröhnend über die Häuserdächer fliegen. Sie feuern mit ihren Bordkanonen auf ein Hochhaus. Nein, auf etwas, das an diesem Hochhaus klebt.

Es ist ein gewaltiger, lang gezogener und von Panzerplatten am Rücken bedeckter Schneckenleib, aus dem meterdicke Tentakel ragen und dessen gieriges Maul sich bereits um die Oberkante des Hauses gestülpt hat. Aber nur ein leichtes Zucken geht durch das Untier, es stößt einen hellen, kreischenden Laut aus, dem ein tiefes Rasseln wie aus Tausenden Motoren folgt, ehe die Jets unverrichteter Dinge wieder abdrehen müssen. Ansonsten bleibt es unbeeindruckt.

Es wird plötzlich finster, das Tageslicht wirft immer größere Schatten. Ich drehe mich um. Die Sonne ist verschwunden und es beginnt stark zu regnen. Es regnet kleine, getigerte Schnecken vom Himmel.

DER MENSCH EIN TIER

Es war kalt geworden. Er hatte Feuer gemacht und die alten Fensterläden geöffnet, um das Morgenlicht hereinzulassen. Dann ging er in das zunehmende Schneetreiben hinaus und hauchte in seine hohlen Fäuste.

Hinter ihm knackte es im Holzofen, dessen warmes Licht gegen den kalten Wintermorgen anflackerte. Die grünen Zweige der Nadelbäume verschwanden allmählich unter einer dünnen Schicht frisch gefallenen Schnees. Ein hellgrauer Himmel spannte sich über die Hochalm.

Max atmete tief ein und zog den Reißverschluss der alten Skijacke bis unter das Kinn, während er den kleinen, ehemaligen Gastraum mit den fünf Tischen und der verstaubten Theke durchquerte. An der Eingangstür blieb er stehen, zog ein Klappmesser aus der Hosentasche und ritzte eine kleine Kerbe in den Rahmen.

»Auch heute bleibe ich Mensch«, flüsterte er und musterte das von eingeritzten Markierungen übersäte Holz. Er löste den Sessel, den er unter die Türklinke geklemmt hatte, drehte den Schlüssel im Schloss zweimal um und griff sich den großen, leeren Gulaschtopf. Dann stapfte er hinaus bis zum stillgelegten Sessellift, der zwischen Hütte und Bergstation lag, und füllte ihn mit Schnee. Einen Moment blieb er am Fenster neben der Eingangstür stehen, musterte eine glitzernde Eisblume, die daran hochgeklettert war, und trat wieder in die Hütte. In der Nische hinter der Theke, die als Küche gedient hatte, stapelten sich Töpfe, Pfannen, Dosen und Flaschengebinde, Suppenwürfel und Nudelpackungen. Dort stellte er den bis zum Rand gefüllten Topf auf den Herd.

Die zwei, drei Holzscheite, die danebenlagen und die er hineinschob, würden sehr schnell Feuer fangen, in der seit Wochen glimmenden Glut. In der kleinen Kammer, deren Holzdecke sich nach drei Schritten abschrägte und in der man kaum aufrecht stehen konnte, war es immer am wärmsten.

Er strich sich Reste angefrorener Schneeflocken von den Schultern und der grauen Mütze, die seine Haare bändigten, und ließ sich auf das Bett, eine schmale Pritsche, die er aus alten Regalen gezimmert und mit Decken und Lammfellen gepolstert hatte, zurücksinken.

Von einem der Konservenstapel nahm er eine Dose mit Bohnen in Tomatensoße, öffnete sie und stellte sie neben den Wassertopf auf die heißer werdende, gusseiserne Platte, bevor er den Reißverschluss seines Overalls aufmachte. Er zog ein abgegriffenes gelbes Büchlein der Reclam Universal-Bibliothek und einen speckigen, kleinen Bleistift aus der Brusttasche.

Max hatte noch immer Schwierigkeiten, es zu halten, denn der Ringfinger seiner linken Hand endete nach dem ersten Glied in einem verschmutzten Verband. Und anstelle des kleinen Fingers leuchtete eine frische, dunkelviolette Narbe am Ende der Handkante.

Er schlug das an den Ecken eingerissene Büchlein in der Mitte auf und fand die gewünschte Stelle. Jeweils über drei Zeilen gingen hier die Bleistiftstriche. Er fügte einen weiteren hinzu. »Auch heute«, wiederholte er flüsternd und ließ mit dem Daumen die Blätter nach vorne flattern. Seite um Seite das gleiche Bild: Dutzende Striche, die er über den kleinen gedruckten Text gekritzelt hatte. Hie und da wurde einer der Striche von einem X unterbrochen. Je weiter er nach vorne blätterte, desto häufiger fand sich auf den Seiten ein solches. Sie reihten sich immer öfter aneinander, bis zur ersten Seite, die von X-en fast völlig bedeckt war.

Max schloss einen Augenblick die Augen, klappte seine Aufzeichnungen zu und schob sie wieder zurück in die Brusttasche. Während am Herd das Schneewasser schmolz und die Tomatensoße bereits leise zischte, zog er einen Stapel mit Büchern und Zeitschriften unter seinem Bett hervor. Er legte einen Band ›Das Beste aus Reader's Digest‹ beiseite, ebenso eine alte Zeitung, deren Blätter trocken zwischen seinen steifen Fingern knisterten. Er hatte sie schon so oft gelesen, dass die Schlagzeile ganz ausgebleicht war: »Wissenschaft steht vor Rätsel. Es ist kein Virus.«

Vorsichtig legte er sie wieder unter das Bett auf einen Stoß anderer Zeitungen. Er nahm zwei weitere Bücher vom Stapel und wurde schließlich fündig. Er schlug die Ausgabe von Daniel Defoes ›Robinson Crusoe‹ auf und begann darin zu lesen.

Zehn Minuten später saß er in der Stube vor einem Becher geschmolzenen Schnees, der dampfenden Dose Bohnen und einem weißen Röhrchen mit der Aufschrift »Mineralstoffkomplex+«.

Er trank einen kleinen Schluck Wasser und starrte die Dose skeptisch an. Schließlich seufzte er und tauchte den Löffel ein. Sein Gesicht verzog sich, er schüttelte abwehrend den Kopf, nahm zwei Mineralien-Tabletten zur Hand, schluckte sie hastig, indem er mit Wasser nachspülte. Dann schaufelte er die Bohnen grimmig in sich hinein. Aber schon nach fünf oder sechs Löffeln hielt er inne. Sein Magen protestierte. Er fasste sich an den Bauch, ein Krampf durchzuckte ihn. Er stöhnte.

Aber er machte weiter. Noch einen Löffel. Und dann noch einen. Der Magen rebellierte. Sein Gesicht verzog sich zu einer Grimasse. Tränen brannten in den zusammengepressten Augenwinkeln, während er immer hastiger weitere Bohnen nachschob und mit Wasser hinunterspülte. Die Dose war noch halb voll, als er sie angeekelt wegschob. Es würgte ihn. Er spürte, wie die zerkauten Bohnen und die Soße wieder hochkommen wollten. Dennoch zwang er sich mit Gewalt zu schlucken, drückte sich gegen die Lehne und warf den Kopf in den Nacken. Die Fäuste hatte er gegen die Brust gepresst und mit einem kehligen Brummen würgte er tapfer den letzten Bissen hinunter.

Später saß er mit geschlossenen Augen seitlich auf der Bank neben einem der Fenster. Das Schneetreiben war zu einem leichten Sturm angewachsen, der die dicken Flocken gegen die Hütte peitschte und jede Aussicht nach wenigen Metern verschluckte.

Er hatte die Knie an die Brust gezogen und das Kinn darauf gelegt. Nicht nur in seinem verwilderten Oberlippenbart glänzten jetzt Schweißperlen. Er atmete flach, bemühte sich aber ruhig zu bleiben. Irgendwann sank er auf die Seite und schlief ein.

Ein dumpfes Poltern weckte ihn unsanft aus seinem kurzen Dämmerschlaf.

Max sah sich um. Etwas schlug so heftig gegen die Tür, dass die Holzwand davon erzitterte. Sofort rutschte er unter den Tisch, wobei er sich einen Ellbogen anschlug. Hastig kroch er auf der anderen Seite darunter hervor und kletterte über eine Holzleiter, die hinter der Theke stand, hinauf zum Dachboden. Zwischen Kisten, Kartons und angestaubtem Mobiliar, Skiern und Boxen mit alten Krügen und Gläsern tastete er sich zum einzigen, kleinen Fenster vor, das an der Stirnseite, direkt über der Eingangstür, lag. Mit zitternden Fingern öffnete er es, schob den Fensterladen einen Spalt weit auf und spähte hinunter. Da war jemand.

Eine von verkrustetem Schnee bedeckte, vermummte Gestalt mit großem Rucksack hämmerte dort unten verzweifelt gegen die Eingangstür.

»Fuck!«, schrie dieser Mensch mit einer Frauenstimme, der jetzt zu ihm hochsah. Sie hatte ihn entdeckt! Wangen und Nasenspitze, wo Skibrille, Helm und Schal keinen Schutz boten, waren dunkelrot gefärbt.

»Bitte«, schrie sie jetzt. »Ich habe nicht gewusst, dass jemand da ist! Bitte!«

Max zog den Laden zu, schloss das Fenster und lief durch den Speicher bis zur Dachluke. Unten öffnete er nacheinander die Fenster der Stube – nicht ohne sich vorher jedes Mal zu vergewissern, dass die Frau noch an der Stirnseite stand – und zog die schweren Holzläden hastig zu, um die Riegel vorzuschieben.

Beim Letzten der drei Fenster, er hatte sich gerade hinausgebeugt, um den Holzladen heranzuziehen, lugte sie schon um die Hausecke. Er stieß einen entsetzten Schrei aus als er sah, wie die Frau durch das hüfthohe Weiß heranstürmte. Sie stolperte, rappelte sich wieder auf und ruderte wild mit den Händen. »Bitte! Bitte!«, schrie sie jetzt noch lauter.

Max bekam das Holz zu fassen und konnte den Laden packen. Es knallte, als er in den Rahmen krachte, kurz bevor die Frau ihn erreichte und daran zu Boden rutschte.

»Bitte!«, kreischte sie, raffte sich auf und griff in die breiten Spalten. Sie zerrte heftig daran. Ihre Finger steckten in abgewetzten, gefrorenen Handschuhen und umklammerten das Holz wie ein Schraubstock. Sie ließ nicht los.

Jedes Mal, wenn er den Laden wieder in den Rahmen gezogen hatte und mit einer Hand den Riegel vorschieben wollte, zerrte sie ihn wieder zurück, sodass er dafür beide Hände zu Hilfe nehmen musste.

»Bitte!«, brüllte sie. »Bitte, bitte!«

Verzweifelt stemmte er sich mit beiden Knien gegen die Eckbank, zog mit aller Kraft, aber sie riss ihn abermals zu sich heran, ehe er zusperren konnte.

Plötzlich gab er nach, sodass das Holz in Richtung der Frau flog. Es krachte. Sie kippte in den Schnee und hielt ihre Hände vor das blutende Gesicht.

Max schüttelte nur stumm den Kopf, zog den Fensterladen vor und verrammelte ihn, ehe er das Fenster schloss.

Jetzt war es dunkel in der Stube. Er musste zwar husten vor Anstrengung, sprang aber trotzdem über den Tisch, Wasserbecher und Bohnendose fortfegend, eilte zur Eingangstür und griff nach der Sitzbank, die an der Wand lehnte. Er schlug sich noch einmal den Ellbogen an, taumelte, als er die Bank hochhievte und herumdrehte und wäre beinahe gestürzt. Aber schließlich hatte er sie gedreht, setzte das kurze Ende gegen die Tür, fasste nach einem Sessel, wie er es zig Male geübt hatte, keilte ihn zwischen dem anderen Ende der Bank und der Thekenfront ein. Sie würde die Tür zerhacken müssen, wenn sie zu ihm hereinwollte.

Dann schlüpfte er hinter die Theke und schnappte das lange Küchenmesser, das er dort abgelegt hatte. Damit bewaffnet rutschte er am verchromten Geschirrspüler entlang zu Boden, das Messer fest an die Brust gedrückt. Er wartete, griff mit der anderen Hand nach dem Beil, das im Türwinkel neben dem Holzstapel der Küche lehnte, und umfasste es krampfhaft.

Es war still geworden. Max versuchte, sich zu konzentrieren, um besser lauschen zu können. Da war das Brodeln des kochenden Wassertopfs, den er auf dem Herd vergessen hatte. Da war das Knistern des Ofenfeuers. Da war das Brausen des Windes, der an der Hütte rüttelte. Da war ein leises, unstetes Knarren der Holzstreben in den Wänden, den Dielen, im Dachstuhl. Sonst nichts.

Und dann, von einem Moment auf den anderen, war da wieder diese Stimme. »Bitte!«, tönte sie herein, jetzt begleitet von einem fast sanften, höflichen Klopfen.

»Ich erfriere hier draußen. Ich kann nicht mehr! Bitte, bitte! Ich bin die Nacht durchmarschiert und weiß nicht, wo ich bin. Ich flehe Sie an…«

Er legte das Messer neben sich auf den Boden, stützte die Stirn auf die freie Hand, schloss die Augen, neigte den Kopf und schüttelte ihn. Er sah auf, sah zwischen den wirr in sein Gesicht hängenden Strähnen zum Topf in der Nische, aus dem heißer Wasserdampf stieg.

»Ich flehe dich an… ich sterbe sonst. Lass mich um Gotteswillen hier draußen nicht erfrieren!«

Tränen glänzten in seinen Augen, während er den Topf anstarrte und das Beil fester an sich presste.

*

Max hatte sich frisch rasiert. Er hatte sein Lieblingshemd angezogen, die Ärmel hochgekrempelt und seine neue Schürze umgebunden, ehe er zum Herd trat. Nach einem Blick auf die Uhr salzte er das köchelnde Wasser für die Pasta, kontrollierte die Vorspeisen – Schnitten von Parmesanpolenta mit Trüffeltopping – die im eigenen Saft im Backrohr vor sich hin schmorten und kostete von dem Pesto, das er in einer kleinen Pfanne daneben angerührt hatte. Er verzog den Mund.

»Ugh«, stöhnte er.

»Was denn?«, fragte Barbara, als sie sich hinter ihm vorbeidrückte, flüchtig seine Wange küsste, ehe sie mit einer guten Flasche Wein und dem Dekanter bewaffnet ins Wohnzimmer ging.

»Schmeckt grässlich.«

Er wurde übertönt vom Heulen eines Rettungswagens, das durch das gekippte Fenster zu hören war. Er schloss es und schob den Regler des im Herd integrierten Dunstabzugs eine Stufe höher, sodass der Dampf jetzt nach unten weggezogen wurde. Sein Blick ging zu dem Schild, das hinter den Herdplatten in die Wand eingelassen war: »Küche ist Krieg«, stand da in fetten Lettern.

»Was?«, rief Barbara jetzt.

»Schmeckt einfach grässlich.«

»Das sagst du immer«, erwiderte sie.

»Die werden denken, ich spinne«, warf er über die Schulter, trank das Glas Aperol-Spritz aus und füllte Wein nach.

Mit einem Grummeln stellte er fest, dass die Flasche leer war. Er trank zu schnell. Und das, obwohl ihm die Mischung heute etwas zu bitter vorkam und nicht so recht schmecken wollte.

»Du bist nur kritisch.«

»Nein, nur ehrlich«, sagte er und überschlug rasch, wie viele Gläser er und wie viele Barbara schon gehabt hatte.

»Max«, sagte sie, nachdem sie zurückgekehrt war und sich das brünette Haar zu einem kecken Zopf zusammengebunden hatte. »Du bist nur wieder kritisch. Und hast dir den Geschmack mit zu viel Aperol verdorben… Oder hast du vielleicht eine Line gezogen?«

»Spinnst du? Ich habe heute frei!«

Sie lächelte, nahm ihm das Glas aus der Hand, nippte daran und strich ihm mit ihren schlanken Fingern über die Wange. Sie wirkte heute noch dünner als sonst. Max umfasste ihre Hüften und spürte ihre Beckenknochen. Da half auch der weite Kaschmirpulli nichts.

Er schüttelte den Kopf. »Ne…«

Die Klingel unterbrach ihn.

»Ah, da sind sie«, lächelte Barbara und öffnete die Tür.

Sie begrüßten Michelle und Dario. Durch das Stiegenhaus herauf hallten Sirenen von Einsatzwägen, ehe sie die Tür hinter sich zuzogen.

»Oh, hast du heute noch etwas vor?« sagte Max zu Dario, als sie sich umarmten. Dario trug einen dunkelblauen, eleganten Anzug. Er sah bestechend gut darin aus.

»Ich habe ihm gesagt, dass er overdressed ist«, lachte Michelle, während sie Max links und rechts einen Kuss aufdrückte. Die Umarmung dauerte einen Augenblick zu lange, das wusste er.

»Für einen Abend mit seinen besten Freunden kann man nicht gut genug angezogen sein. Da hol ich doch meinen besten Zwirn heraus«, sagte Dario, während er sein Sakko ablegte, sich umdrehte und den Blick freigab auf eine ihre eigenen Knöpfe schlimm bedrängende Weste, die sich um einen stattlichen Bierbauch spannte.

»Wo sind denn die Zeiten hin, wo wir in Unterhemd und Boxershorts bei einem Kasten Bier Championsleague geschaut haben«, lachte Max und machte Barbara den Weg frei um das Pärchen zu begrüßen.

»Ach, tu doch nicht so«, sagte sie, während sie Michelle umarmte. Einen Moment zu kurz. »*Du* hast dein Hemd für heute extra gebügelt. Zwei Mal sogar.«

»Ja, entschuldige schon«, sagte Max. »Auf der Arbeit trage ich immer dieselben, da darf ich in meiner Freizeit schon mal mein Lieblingshemd anziehen. Und ungebügelt kann man das nun wirklich nicht tragen.«

»Mir war nicht klar«, kicherte Michelle, »was für Fashionistas unsere Männer sind… Abgesehen davon bist du der Chef. Du könntest jeden Tag mit deinem Lieblingshemd in der Arbeit auftauchen.«

»Ach, halt doch die Klappe«, schob Max sie weg, indem er ihr mit grober Zärtlichkeit ins Gesicht griff. »Kommt endlich herein, das Essen ist gleich fertig.«

»Was gibt es denn Feines?«, fragte Dario.

»Pasta und Garnelen.«

»Pah, ein Tag ohne Fleisch ist ein Tag ohne Freude.«

»Aber ich warne euch, es…«

Zehn Minuten später saßen sie am großen Esstisch im Wohnraum der Altbauwohnung vor dampfender Pasta und darauf drapierten Riesengarnelen. An den Wänden hingen großformatige abstrakte Gemälde neben weißen Regalen, in denen die Bücher übertrieben ordentlich geschlichtet waren. Der Wein war eingeschenkt. Man hatte gekostet, aber nicht getrunken. Die Polentaschnitten lagen fast unberührt auf der Platte in der Tischmitte.

»Es ist irgendwie…«, sagte Michelle und stocherte lustlos mit der Gabel in den Nudeln herum.

Dario schüttelte den Kopf. »Ich kann nicht sagen, ob was fehlt oder etwas zu viel ist. Es schmeckt irgendwie…«

Barbara hatte ihre Hand auf Max' Oberschenkel gelegt, der ein paar Sekunden auf seinen Teller starrte und verlegen blinzelte.

»Sind die Garnelen vielleicht nicht mehr frisch?«, versuchte es Dario und schob sich die Hornbrille, die sein wuchtiges, breites Gesicht bewachte, mit dem Zeigefinger auf die Nasenwurzel.

Max seufzte. Er schüttelte den Kopf und betrachtete die Speise mit hängenden Schultern. »Das erklärt nicht den Geschmack der Pasta… oder der Polentaschnitten.«

Von der Straße unten wurde flackerndes Blaulicht an die Wohnzimmerdecke geworfen, als ein Einsatzwagen vorbeifuhr.

»Ich bitte euch, so schlimm ist es wirklich nicht«, sagte Dario und stopfte sich als Beweis eine Schnitte in den Mund.

»Ach, komm schon«, scherzte Michelle, »du isst doch alles, was keinen Führerschein hat, Schatz.« Dario zog unschuldig grinsend die Augenbrauen hoch, lehnte sich zurück, dass die Rückenlehne ächzte und strich kreisförmig über seinen wuchtigen Bauch. »Ich bin, wie ich bin«, schmatzte er mit vollem Mund. Sie lachten. Max nicht.

»Vielleicht, äh«, Michelle räusperte sich, »bist du es schlicht nicht mehr gewöhnt so *einfache* Sachen zu machen. Seit der Eröffnung, ich meine, wie lang ist das her, fast ein halbes Jahr? Seit der Eröffnung des Lokals kochst du jeden Abend quasi haubentaugliche Menüs. Da ist es kein Wunder, wenn sowas wie ein bisschen Pasta und Polenta nicht funktionieren. Das ist zu weit unter deiner Liga.« Ihre Stimme war mild, fast zärtlich.

Barbara schnalzte mit der Zunge. »Ich bitte dich.«

Michelle ignorierte es. »Oder es ist der Stress? Du hast halt wirklich viel zu tun mit dem Laden.«

»Das ist doch ein Scherz, oder?«, sagte Barbara.

Von draußen hörte man das Folgetonhorn einer Sirene.

»Ich meine ja nur. Du kriegst das vielleicht nicht so richtig mit, Babs, aber dein Mann arbeitet wirklich hart. Ich sehe das jeden Tag. Ernsthaft. Wenn ich mit meiner Schicht fertig bin, macht er zum ersten Mal Pause. Er ist der Erste, der da ist, und der Letzte, der geht.«

»Das brauchst du mir nicht zu sagen. Ich kriege das sehr wohl mit. Jeden Abend nämlich.« In Barbaras Stimme lag etwas, das sie selbst erschreckte.

Michelle holte Luft. Max wirkte, als würde er von alledem nichts mitbekommen. Dario hingegen wusste nicht, wohin er zuerst schauen sollte, und wechselte verwirrt zwischen den Frauen hin und her, je nachdem, welche von ihnen gerade sprach. Er schien selbst gar nicht richtig zu bemerken, dass er sich nebenbei mit Polentaschnitten und Gabeln voll Pasta und Garnelenfleisch vollstopfte. Es war wie mit dem Popcorn beim Filmschauen.

»Ach, komm schon, so war das nicht gemeint. Ich meinte…«

»Ich weiß schon, was du gemeint hast«, presste Barbara zwischen den Zähnen hervor. Einen Moment lang schwiegen alle, ehe Michelle sich räusperte. Sie seufzte leise.

»Ich wollte doch nur etwas Positives sagen…«, versuchte sie es.

»Nicht gerade hilfreich«, zischte Barbara.

»Entschuldige, wie bitte?« Michelle starrte sie an.

*

Der Rucksack der Frau lag auf der schmalen, schneeverkrusteten Veranda neben der Hüttentür. Daneben, auf einem Haufen: Schneeschuhe, Stiefel, Handschuhe, Jacke, Pullover, Schal und Hose nebst anderen Dingen, die sie am Körper getragen hatte. Sie kniete in Unterwäsche im Schnee, drückte sich vor Kälte schlotternd an das Holz und umklammerte die eigenen Schultern.

Max nickte und zog den Laden des Dachbodenfensters zu, durch das er sie beobachtet hatte. Als er kurz darauf die Tür entriegelt, die Bank beiseite und den Sessel danebengestellt; nachdem er sich auf einen Tisch gehockt und das Beil mit beiden Händen umklammert hatte, rief er laut: »O.k.« Seine eigene Stimme kam ihm fremd vor.

Nichts geschah. Nur das Knarren des Holzes, das Heulen des Windes war zu hören.

»Komm rein«, rief er etwas lauter. Nichts. Er biss sich auf die Unterlippe. Seine Augen hingen an der Türklinke. Sie bewegte sich nicht.

»Komm rein, verdammt. Oder… oder bleib draußen!«, schrie er jetzt. Keinerlei Reaktion.

»Wenn das eine Verarsche ist…«, brüllte er ins Nichts.

»… ich habe ein Gewehr!«, log er. Es blieb unbeantwortet.

»Scheiße, verdammte!«, presste er zwischen den Zähnen heraus. Er rutschte vom Tisch und schlich auf die Tür zu. Eine Hand, die versehrte, löste sich vom Schaft, griff langsam nach der Klinke. Die andere hielt das Beil seitlich über dem Kopf und war bereit sofort zuzuschlagen. Vorsichtig schlossen sich seine Finger um den Türgriff, er hielt den Atem an, sein ganzer Körper spannte sich wie eine Metallfeder.

Sekunden lang wartete er, haderte mit sich selbst, bis er endlich… die Tür aufriss und zum Schlag ausholen wollte.

Die Frau kippte ihm vor die Füße. Eine erbarmenswerte Gestalt mit dunkelblauen Fingern und von Kälte verbrannten Wangen. Sie zitterte nicht mehr.

Er hatte sie auf eine der breiteren Bänke, direkt vor dem Holzofen neben der Theke gelegt. Unter sie und um sie herum hatte er alle Decken und Felle aufgetürmt, die er finden konnte und dann die Ofentür geöffnet, damit sie die Hitze des Feuers direkt spüren konnte. Er hatte ihr auch ein wenig warmes Wasser eingeflößt.

Dann hatte er die Tür wieder verrammelt und einige Kerzen angezündet. Er hatte weiter Holz nachgelegt, ihre Socken von den fast erfrorenen Füßen geschält und eine Zeit lang ihren ausgemergelten Körper betrachtet. Dann hatte er wieder sein Beil genommen – warum, wusste er selbst nicht genau –, sich ihr gegenüber auf einen Sessel gesetzt und gewartet. Er war müde geworden und schließlich in ein Dösen gefallen, aus dem er alle paar Minuten panisch hochschreckte, nur um festzustellen, dass sie sich überhaupt nicht gerührt hatte.

Draußen dämmerte es, sein Magen knurrte und in seinem Mund sammelte sich auffordernder Speichel, aber er ignorierte es.

Schließlich, der Schneesturm hatte sich etwas beruhigt, der Wind ein wenig nachgelassen, seufzte sie laut auf. Sie öffnete die Augen, sah sich um und verzog das Gesicht vor Schmerz, als sie ihre Glieder ein wenig bewegte. Er befreite sie von einigen der unzähligen Decken und Felle nachdem ihr ein wenig wärmer geworden war, und half ihr dabei, sich ein Stück weit aufzusetzen, sodass sie halb liegend, halb sitzend auf der Bank kauerte.

»Wasser«, bat sie mit heiserer Stimme. Er reichte ihr einen Becher. Sie verschüttete das meiste, als sie versuchte daraus zu trinken. Max legte sein Beil weg und hielt dann ihren Kopf – er musste drei Mal mit der Kelle aus dem Wassertopf nachfüllen – dann sank er wieder zurück in seinen Sessel.

»Danke«, hauchte sie, räusperte sich und sah ihn lange an. Ihre dünnen, blonden Haare hingen in fetten Strähnen vom Kopf, sie schien sie langsam zu verlieren. Das Weiße in ihren Augen war gelb verfärbt und ihr Gesicht war von Kälte, Angst und Grauen gezeichnet.

Max sah, dass sie auf das Messer in seiner Hand starrte. Er hob es ein wenig mit der Spitze in ihre Richtung. Aber es schien sie nicht zu kümmern.

Lange sah sie ihn an, musterte ihn mit einem ruhigen, abgeklärten Blick, der Hoffnung, Angst und Sorge längst verloren hatte. Es war der Blick eines sehr alten Menschen im zerstörten Körper einer jungen Frau.

»Wie alt bist du eigentlich?« fragte sie schließlich, jetzt schon etwas weniger heiser.

»Zweiunddreißig«, sagte er gehorsam.

Sie lachte erschöpft.

»Was?«, fragte er.

»Du siehst sicher um zwanzig Jahre älter aus.«

Er lachte kurz auf, schüttelte den Kopf und wendete sich ab. Sein Grinsen wurde hart. »Ja…«, sagte er gedehnt. »Das macht es mit einem…« Einen Augenblick hielt er inne.

»Und du… Wie alt bist du denn?«

»Sechsundzwanzig.«

Er glotzte sie überrascht an.

»Ich weiß«, sagte sie. »Ich übertreffe dich noch.«

Sie schwiegen beide. Er beobachtete sie interessiert.

»Wie lange warst du draußen?«, fragte er schließlich.

»Die ganze Nacht.«

»Und von wo bist du aufgebrochen?«

»Aus Tindrach… Das ist der Nachbarort dieses Gebiets. Ich musste über den Sattel und dann…«

»Ich weiß, wo das ist.«

»Bist du von hier?«

»Nein. Ich habe es auf der Karte gesehen«, nickte er zu der großen auf einer Wand angehefteten Karte, die die drei kleinen Skigebiete der Region zeigte.

Sie nickte schwach.

»Warum bist du von dort weg?«

»Ich habe es für eine gute Idee gehalten, in die Berge zu gehen… aber da war kein Platz… da war…« Sie schüttelte den Kopf und drehte ihn schließlich ein wenig zur Seite. Ihr Blick verlor sich im Nirgendwo einer dunklen Ecke, als sie langsam weitersprach. »Ich konnte da nicht bleiben. Es war unmöglich. Sie haben… es war unmöglich.«

»Kommst du aus der Stadt?«, fragte Max, nachdem er sich an den Tisch gelehnt und das Kinn auf seinem Daumenballen abgestützt hatte. Es fiel ihm schwer, aufrecht zu sitzen. Sein Körper wollte nichts als Schlaf und ein wenig Erholung.

»Ja.«

»Wieso bist du nicht dortgeblieben?«

»Hah!«, lachte sie bitter. Im Schein der Kerze sah er ihre dunklen Augen funkeln.

»Du hast keine Ahnung, wie es in den Städten zugeht. Was dort los ist… Was… Du hast ja keine Ahnung, wozu die Menschen fähig sind…« Ihre Stimme war etwas heller geworden, dünnte aus, ehe sie sich selbst unterbrach, den Kopf abermals schüttelte und sich schwach über das Gesicht wischte, ehe sie ihn wieder ansah.

»Abgesehen davon scheinst du dieselbe Idee gehabt zu haben. Nur schon früher.«

»Ja.« Jetzt war es Max, der einen Moment lang die Augen abwendete.

»Kann ich noch einen Becher Wasser haben?«, riss sie ihn aus seinen Gedanken.

Er legte das Messer auf die Theke, reichte ihr einen Becher und half ihr dabei, zu trinken. Sie verschluckte sich beinahe, er musste wieder ihren Kopf halten. Sie hustete, nickte dankend und lehnte sich zurück, nachdem der Becher geleert war.

»Wie lange bist du schon hier? Hier oben, meine ich«, sagte sie, sich räuspernd.

»Vier Monate, drei Tage und…«, er warf einen Blick auf seine lose am Handgelenk baumelnde Armbanduhr – sie war ihm längst viel zu groß – wobei er über das Glas des Ziffernblatts strich, wie er es immer tat: »…neun Stunden.«

*

Dario hatte unfreiwillig dafür gesorgt, dass die Spannungen zwischen den beiden Frauen für den Moment beigelegt worden waren, indem er sich mit einem Stück der Garnele die Weste und den Schritt bekleckert hatte. Das hatte die Stimmung etwas aufgelockert. Aber nur bei den dreien.

Max hatte bloß müde aufgelacht, während die anderen in Gelächter ausgebrochen waren, als Dario beim Versuch, sich mit Wasser abzuputzen, versehentlich sein Weinglas umgestoßen und alles noch viel schlimmer gemacht hatte.

»Gefällt sie dir?«, versuchte Barbara schließlich, ihren Mann doch noch ein wenig aufzuheitern, während Dario und Michelle ihre Smartphones checkten. Sie nickte in Richtung seiner Armbanduhr. Max musterte sie kurz, sie lag eng an, und wischte dabei über das Glas des Ziffernblatts.

»Ja, sie ist…«, antwortete er. »Danke vielmals. Ich freue mich wirklich sehr.«

Seine Worte klangen hohl und automatisiert. So sehr er sich über die Uhr gefreut hatte, als Barbara sie ihm zur Eröffnung seines Lokals geschenkt hatte, so wenig konnte und wollte er sich jetzt damit beschäftigen. Er warf ihr einen Blick zu, der sagte: »Aber danke für den Versuch.«

»Um ehrlich zu sein«, sagte Dario jetzt, und wischte sich mit einer Serviette ab, »habe ich schon den ganzen Tag einen komischen Geschmack im Mund.« Er sah in die Runde, bevor er den Blick auf seine Frau richtete. Michelle lachte herzlich und betrachtete seinen leeren Teller. Er hatte alles aufgegessen.

»Sieh mich bloß nicht so an«, sagte sie, »Ich habe erst heute meine Saftdiät abgebrochen… Der größte Fehler meines Lebens übrigens. Das ist meine erste normale Mahlzeit seit drei Tagen. Für mich schmeckt jetzt alles gut, was eine feste Konsistenz hat. Saftdiät… Die reinste Folter.«

Barbara schüttelte den Kopf. »So ein Blödsinn. Es geht bei einer Diät doch nur darum, was Gutes für seinen Körper zu tun.«

Sie hatte es laut gesagt, eine Spur zu laut.

»Ach, das kann mir keiner erzählen, dass man sich was Gutes tut, wenn man hungert.«

Barbara lehnte sich zurück. Eine peinlich lange Pause schloss sich an. Die mühsam erkämpfte Heiterkeit war restlos verpufft.

Draußen heulten Sirenen aus mehreren Fahrzeugen durch die Straße.

»Was ist denn da los?« Dario drehte sich dankbar zum Fenster. »Schon auf der Herfahrt sind uns lauter Rettungswagen…«

Niemand hörte ihm zu. Er gab auf und verstummte.

»Ich hole die Nachspeise«, meinte Max schließlich und griff nach den vollen Tellern, um abzuservieren.

»Ich mache das schon«, sagte Barbara und stand auf. Sie legte ihre Hand bestimmt auf seine Schulter, um ihn auf dem Sitz zu halten.

»Du musst sie aber noch aufschneiden.«

»Ich weiß, Finger Food.« Sie verschwand in der Küche.

»Tut mir leid«, flüsterte Michelle. Max nickte es ab. Wieder breitete sich ein unangenehmes Schweigen aus. Sie hörten, wie der Kühlschrank geöffnet wurde.

»Geht es ihr gut?«, fragte Dario vorsichtig.

»Es ist halb so wild.« Max zuckte mit den Achseln und schüttelte schließlich den Kopf. »Oder zumindest… Es war schon viel schlimmer.«

Dario und Michelle verschränkten ihre Hände unter dem Tisch. Sie wussten nicht, was sie sagen sollten. In der Küche klapperte Besteck. Max sah hoch, stand auf und griff sich die restlichen Teller. Aus dem Augenwinkel sah er noch, wie Michelle Dario etwas ins Ohr flüsterte.

Barbara stand an der Arbeitsfläche und zerschnitt die süßen Karamell-Quesadillas zu Häppchen. Er beobachtete sie, sah den Salzstreuer neben der Anrichteplatte stehen und hielt den Atem an. Sie würde die ganze Nachspeise verderben. Max wollte etwas sagen, gerade eben auf sie zugehen, als sie sich plötzlich umdrehte und ihn aus nass funkelnden Augen anstarrte.

»Ich habe dein Essen nicht verdorben!«, zischte sie.

Max atmete aus. Er schluckte, sein Blick irrte durch die Küche. Plötzlich war ihm übel und sehr heiß.

»Es wäre ja nicht das erste Mal«, flüsterte er.

Barbaras Lippen schürzten sich. »Das ist schon drei Jahre her. Und ich war betrunken.« In der Mitte ihrer Stirn pochte diese kleine Ader, die hervortrat, wenn sie wütend war.

»Es tut mir leid.«

»Ich habe es nur getan, weil ihr mich zum Essen gezwungen habt. Wir haben das tausend Mal… ich war sauer.«

»Es tut mir leid.«

»Ich habe mich damals auch dafür entschuldigt. Es war dumm. Aber es kann nicht sein, dass ich jetzt, drei Jahre später, noch immer unter Generalverdacht stehe. Ich weiß, dass ich ein Problem habe. Wir beide wissen es. Und ich tue mein Bestes, dagegen anzukämpfen. Ich bin krank, und ich habe vor Jahren etwas Blödes gemacht. Aber mein Gott, niemand ist dabei zu Schaden gekommen. Ich habe nur absichtlich ein Geburtstagsessen versalzen, verdammt.«

Sie drehte sich wieder zu der Nachspeise um, nahm das Messer und begann damit, die gerollten Teigtaschen in kleine Scheibchen zu schneiden, sodass es jedes Mal knallte, wenn die Schneide auf das Holzbrett traf.

Max trat an sie heran, wollte sie umarmen, aber sie entzog sich ihm, stieß ihn unsanft zurück.

»Also, es war schon ein bisschen mehr als das. Du hast dir damals eigentlich ziemlich viel Mühe gegeben.«

Bereits in dem Moment, als er es aussprach, wollte er sich selber ohrfeigen für diese Dummheit.

Sie erstarrte. In ihrem Nacken hatten sich feine Härchen aufgestellt. Sie schnaufte laut, ehe sie weiterarbeitete. »Ich kann es einfach nicht fassen, dass du ihm davon erzählt hast.«

»Er ist mein bester Freund.«

»Und ich bin deine… Ah!« Barbara ließ das Messer auf den Boden fallen. Sie hielt sich den Finger und zischte einen Fluch.

»Alles o.k.?« Max trat wieder an sie heran.

»Ich habe mich geschnitten«, antwortete sie, drängte ihn zurück und saugte mit dem Mund das Blut von ihrem Daumen. Sie nuschelte beim Reden. »Gönne mir einfach eine Sekunde Luft.«

Max hob die Hände, versuchte etwas zu sagen, gab es dann aber auf. Stattdessen öffnete er den Kühlschrank, nahm eine frische Flasche Wein, sowie den halb geleerten Aperol heraus und verschwand ins Wohnzimmer, während unter dem Küchenfenster stummes Blaulicht vorbeirauschte.

Dario und Michelle waren in ihre Smartphones vertieft, als er ihnen und sich selbst vom neuen Getränk einschenkte. Michelle stand am Fenster, Dario hatte seinen Platz nicht verlassen.

»Vielleicht haben wir uns was eingefangen? Es soll so eine Magengeschichte herumgehen, heißt es«, meinte Michelle und drehte sich um.

»Alle gleichzeitig? Unwahrscheinlich!«, antwortete Dario. »Außerdem ist mir nicht übel. Dir? Danke.« Er nickte Max zu und trank, ohne aufzusehen.

Max zuckte mit den Schultern.

»Ich scheiß mich gleich an«, sagte sein Freund kurz darauf und drohte, vornüber in sein Smartphone hineinzukippen, »St. Germain liegt vorne. Bayern verliert!«

»Mhm.«

»Mhm? Sagst du als weltgrößter Bayern-Fan? Das lässt dich kalt? Tut mir leid, stört es dich, wenn ich…?« Dario erhob sich ohne eine Antwort abzuwarten, und ging an der breiten Ledercouch vorbei zum Fernseher, der gewaltig wie eine schwarze Leinwand unter der Decke in der Luft zu hängen schien. Er machte ihn an und suchte den Sender.

Max umrundete den Esstisch hingegen in der anderen Richtung. Er trat an Michelle heran, die sich mit einem Blick, der einen Anflug von Geringschätzung hatte, von ihrem Mann abwendete und auf die Straße hinunterschaute.

»Hast du dir…«, murmelte Max, nachdem er darauf gewartet hatte, dass der Stadionlärm und die Stimmen der Kommentatoren den Raum ausfüllten, »…was eingeworfen? Ich meine, was gezogen?«, verbesserte er sich und reichte ihr das Glas.

»Nein!«, drehte sie sich halb herum, blieb eine Sekunde an seinen Augen hängen und wendete sich dann wieder ab.

»Ich meine, ja. Bei der Arbeit natürlich.«

»Hm.«

»Du?«, fragte sie, ihn in der Spiegelung des Fensters beobachtend.

Er zögerte. »Ja…«

»Obwohl du frei hast? Weiß Babs davon?«

Er antwortete nicht. Einen Augenblick lang blieben sie so, er beugte sich in Richtung ihres Nackens, schloss die Augen und atmete langsam und tief ein. Dann drehte er sich mit einem Ruck wieder um.

»Scheiße«, murmelte er und ging in die Küche. Seine Frau stand an der Arbeitsfläche und nahm keinerlei Notiz von ihm. Sie hatte ihren blutenden Daumen auf den Mund gelegt, nein, sie hatte ihn im Mund.

Genauer, sie biss mit den Schneidezähnen in die Kante des Nagelbetts, zog daran und zerrte langsam, Millimeter für Millimeter einen Streifen Haut heraus. Dunkles Blut quoll aus der schmalen Wunde, während sie wie abwesend an dem Hautstück kaute. Sie sah zu, wie das Blut über die ursprüngliche Schnittwunde rann und sich unter ihrem Daumen zu einem Tropfen sammelte. Und kurz bevor er zu Boden fiel, steckte sie den Daumen erneut in den Mund, saugte und – biss zu. Sie zog ein zweites Stückchen Haut heraus, wie man eine Plastikverpackung mit den Zähnen aufbeißt, wenn man keine Schere zur Hand hat. Abermals saugte sie daran, ließ davon ab und beobachtete, wie das Nagelbett sofort von einem feinen Blutrinnsal umkränzt wurde. Gerade führte sie den Daumen ein drittes Mal zum Mund, als Max sich endlich bewegte.

Sie schrak zusammen, sah ihn aus großen Augen an, als er langsam auf sie zu trat, die Hände halb vor den Körper gehoben. Er sprach kein Wort.

Barbara atmete plötzlich schneller, hob die Augenbrauen und wollte etwas sagen. Aber es gelang ihr nicht. Sie sah ihren Mann bloß an, der nach ihrer Hand griff, an der jetzt dunkles Blut in zwei feinen, kleinen Bahnen hinunterlief.

Max blinzelte nicht, sprach nicht. Schweigend ergriff er ihre Hand, sah den Daumen an, sah ihr in die Augen und dann wieder auf die Wunde.

Seine Hände umfassten ihre Faust, sie waren hart und heiß. Wie eine Schlange nach ihrer Beute schnappt, schnellte er plötzlich mit dem Kopf nach vorne und umschloss den Daumen mit seinen Lippen. Sie erschrak, zuckte zusammen und wollte die Hand sofort zurückziehen, aber er hielt sie fest umklammert. Sie gab nach, sah ihn fassungslos an und spürte seine Zähne das Gelenk umschließen. Beobachtete, wie er daran saugte, die Augen schloss und laut durch die Nase ausatmete. Er stöhnte, schob den Kopf zur Seite und dann, nach ein paar Sekunden, biss er so fest zu, dass es nass krachte.

*

»Ich habe dich etwas gefragt«, sagte die Fremde.

»Hm?«

Max sah erst auf und dann zum Ofen, in dem das Feuer schon wieder weit heruntergebrannt war, obwohl er gerade nachgelegt hatte.

»Wie du heißt. Ich will wissen, wie du heißt«, erklärte sie. Sie war zurück in eine waagrechtere Position gerutscht, um Kräfte zu sammeln. Vergeblich. Ihr Gesicht war fahl und käsig. Ihre Haut hatte einen grauen Teint angenommen, sie schien schwächer zu werden und das Atmen fiel ihr schwer.

»Alex«, log er und räusperte sich.

»Du?«

»Nadja.«

Max nickte und spürte, wie ihm schwindlig wurde. Das war nicht neu, damit lebte er seit Monaten. Sein Körper arbeitete schon lange nicht mehr so, wie er sollte.

»Erzähl mir eine Geschichte, Alex«, sagte Nadja und suchte seinen Blick. Sie sahen sich lange an.

»Nein.«

Sie atmete aus. »Alex, ich…«

»Mein Name ist Max. Ich heiße Max.«

Sie runzelte die Stirn und lächelte schwach. »Hast du vergessen, wie du heißt, oder warum lügst du mich an?« Ihre Augen blieben im spärlichen Licht des Raums verborgen unter halb geöffneten, müden Lidern.

»Ich weiß es nicht.«

»Ich schon«, flüsterte sie und sah zur Decke.

»Ich will es gar nicht wissen.«

»Na gut, dann erzähl mir eine Geschichte, Max.«

»Was willst du hören?«

»Alles, Max. Ich will alles hören. Ich will noch einmal alles hören.«

Er beugte sich ein wenig vor, atmete aus und schüttelte schließlich den Kopf. Langes Schweigen umhüllte sie, ehe sie ihn wieder aus den Gedanken und dem allgegenwärtig drohenden Erschöpfungsschlaf riss.

»Was hat es damit auf sich?«, fragte sie und nickte zu einem schwarzen Verlängerungskabel, das an einem Balken verknotet war und dessen Stecker in den Himmel der kleinen Stube ragte.

»Ich…« Er atmete aus, brauchte einen Moment, ehe er weiterreden konnte. »Ich habe beschlossen, hier oben zu sterben.«

»Das stimmt nicht«, schüttelte sie den Kopf.

»Wie bitte?«

»Du lügst.«

»Was fällt dir ein?«

Max sah sie empört an.

»Es stimmt einfach nicht.« Sie setzte sich wieder ein wenig auf.

Er verdrehte die Augen und drückte die Zunge gegen die Innenseite seiner Schneidezähne.

»Wenn es stimmt, warum hast du es dann nicht schon gemacht«, fragte sie, als er nicht antworten wollte, »anstatt dich selbst vier Monate lang zu quälen?«

Er schüttelte den Kopf.

»Ich habe es auch versucht«, sagte sie in sein Schweigen hinein. »Aber ich konnte es nicht.«

»Ja«, flüsterte er und sah wieder zu dem Verlängerungskabel. »Da hast du deine Antwort.«

Dann sah er wieder zu ihr, ihre Blicke begegneten sich, sie nickte schwach.

»Hast du noch irgendwen, für den es sich lohnt, weiterzumachen?«

Er gab keine Antwort.

»Ja, ich auch nicht… Kannst du dich noch daran erinnern, wie alles begonnen hat?«

»Kannst du eigentlich fünf Minuten lang die Schnauze halten?«, maulte Max sie an, schnupfte kurz hoch und wischte sich über das Gesicht. Er stand auf, umrundete das Bett, das er ihr gebaut hatte und ging in die Küchennische, um Holz zu holen. Davor pinkelte er noch in einen Eimer, den er dafür neben seinem Bett abgestellt hatte.

»Nein, kann ich nicht«, hörte er Nadja. In ihrer Stimme lag keine Schärfe, keine Wut. So schwach und dünn sie klang, so abgeklärt war sie. »Weil ich um keinen Preis einschlafen will.«

»Warum denn nicht?«, fragte er, während er sich bückte und Holz nachlegte, ohne sie ganz aus den Augen zu lassen. Er musste stöhnen, als er aufstand. Jede Bewegung strengte ihn an. Daran gewöhnte man sich einfach nicht.

Jetzt war sie es, die nicht antwortete. Sie sah zu dem Beil, das am Tisch lag.

»Pfff«, machte er, zog den Sweater aus und legte ihn auf seine Jacke, die er zuvor schon ausgezogen hatte. Es war wärmer geworden. Er setzte sich wieder auf seinen gewohnten Platz, in gemessenem Sicherheitsabstand zu Nadja, und zog die Beine an.

»Ich war zwar auf Drogen. Aber ja, ich kann mich noch gut daran erinnern«, erklärte er schließlich. »Leider.«

Er ließ den Blick langsam durch den Raum schweifen, sah an den mit Bildern und uralten Holzskiern dekorierten Wänden entlang über die umgestellten Bänke und Tische, die verrammelten Fenster und die alte Theke, die vor Jahrzehnten wohl aus einem einzigen Holzstamm herausgeschnitzt worden war. Und dann, ganz plötzlich, wurde ihm bewusst, dass er das Messer dort abgelegt hatte. Nur war es jetzt nicht mehr da. Es war verschwunden. Sofort spürte er, wie sein Puls nach oben schnellte.

Nadja war inzwischen dabei, ihre erfrorenen Finger vorsichtig zu betasten. Sie schien ihn überhaupt nicht zu beachten. Er griff nach dem Beil. Es war noch da. Stück für Stück zog er es zu sich, ohne die Augen von Nadja zu lassen. Diese konzentrierte sich aber ohnehin nur auf ihre Finger. Es sah aus, als würde sie sie kaum bewegen können. Und tatsächlich hatten einige davon, soviel er in dem mickrigen Kerzenschein erkennen konnte, noch immer eine ungesund blaue Farbe. Er beobachtete, dass sie sie nur ein paar Millimeter zu bewegen brauchte, ehe ein stechender Schmerz ihr Gesicht verzerrte. Davon war vorhin beim Wassertrinken, als sie den Becher zwar vor allem mit den Handballen, aber auch mit den Fingern ein wenig gehalten hatte, nichts zu merken gewesen.

Während sie sich weiterhin mit ihren kaputten Fingern beschäftigte oder vorgab es zu tun, begann sie zu erzählen.

»Ich kann mich noch gut erinnern, wie es angefangen hat«, sagte sie. »Ich war in unserer Lieblingsbar im Univiertel, wo wir viel häufiger waren als in den Lehrsälen. Wir hatten bei einer Freundin zu Hause schon etwas getrunken und waren kurz vor sieben Uhr losgezogen. Die Stimmung war gut, die Kneipe füllte sich allmählich, ein paar kamen, um ein Fußballspiel anzusehen, die meisten aber tranken wie wir und lästerten über Kommilitonen und Dozenten. Wir waren zu fünft an dem Abend, aber ich habe seitdem niemanden von meinen Freunden jemals wieder gesehen.

Ich weiß noch, wie mein Mitbewohner, er war vor die Tür eine rauchen gegangen, in die Kneipe gestolpert ist und uns heraus ruft. Er war ganz außer sich. Das müsst ihr sehen!, hat er geschrien.

Noch bevor die Tür hinter uns zuschlägt, sehe ich das Blaulicht und einen leeren Polizeiwagen. Er steht mitten auf der Straße. In der Bar gegenüber herrscht große Aufregung. Durch die Auslagen sehen wir die Beamten, die mit den Leuten sprechen, wie sie sich unablässig Notizen machen.

Eine Polizistin kommt gerade aus der Bar und murmelt etwas in ein Funkgerät, das an ihrer Schulter fixiert ist, als es ein lautes Krachen gibt. Und gleich darauf klirrt es heftig.

Und im nächsten Moment knallt ein Mensch auf den Bordstein, vielleicht zwei Häuser weiter. Er ist aus dem sechsten Stock durch das Fenster geflogen. Ich weiß noch, wie ich mich gefragt habe, ob Fenster eigentlich nicht generell bruchfest sind, aber im Univiertel waren die meisten Gebäude uralt. Und die Fenster wohl auch. Ich kann mich auch noch gut daran erinnern, wie die Polizistin sich duckt, wie sie in Deckung geht und sich umdreht. Wie sie hoch sieht und dann hinüberläuft.

Aber noch bevor sie an der Unfallstelle ankommt, bleibt sie vor einem parkenden Wagen am Straßenrand stehen. Sie zieht ihre Pistole und nimmt es ins Visier. Ich weiß noch, wie meine beste Freundin, sie war ein paar Meter weiter in die Straße getreten, ihrem Blick folgt und plötzlich laut zu schreien beginnt. Und dann ist sie zurückgelaufen, an mir vorbei, reißt mich an der Schulter mit zurück ins Lokal und sieht aus wie der leibhaftige Tod. Sie ist außer sich, sie kann kaum atmen, ich frage mich, was sie bloß gesehen haben kann, ich denke, dass ich sie unbedingt beruhigen muss. Also folge ich ihr zurück ins Lokal, das jetzt fast leer ist. So gut wie alle Gäste sind draußen, selbst die Kellner stehen an den kleinen Fenstern und glotzen hinaus, während Hanna sich auf eine Bank neben der Theke setzt.

Sie kriegt kein Wort heraus, anfangs. Und als ich sie endlich so weit habe, dass sie wieder halbwegs normal atmet, knallt es draußen wieder. Ich habe nicht sofort begriffen, was es war, weil ich noch nie einen echten Pistolenschuss gehört habe. Leute schreien, stürmen zurück in die Bar, reden wild durcheinander. Und dann gibt es ein Poltern, ein Krachen in der Küche hinter der Theke, Töpfe scheppern und Teller klirren. Es war auf einmal wie… Es hat nicht schleichend angefangen, es war irgendwie… auf einmal war es einfach da.«

Sie sah auf, sah Max direkt an. »Kannst du dich erinnern, an die Tage nach der ersten Welle? Wie einige gesagt haben, dass es nur eine Strafe Gottes sein kann?«

Er nickte.

»Ist es das? Ist es eine Strafe Gottes?«

»Nein«, antwortete er. Er strich sich eine dunkle Strähne aus dem Gesicht. Er war so müde, dass ihm erst jetzt auffiel, dass er zitterte.

»Hast du das Zittern?«, fragte sie ihn.

»Ja, scheinbar.«

»Das vergeht.«

»Ich weiß.«

»Ich habe gehört, dass das davon kommen soll, dass sich der Körper selbst verdaut, wenn man zu wenig isst.«

»Wie auch immer.« Ihm war jetzt nicht nach Reden zumute. Aber das schien sie nicht weiter zu stören.

»Es gibt einfach keine Erklärung für das was passiert ist.« Sie atmete langsam aus. »Es ist kein… Es ist plötzlich da gewesen. Bis zum Schluss hat es niemanden gegeben, der eine vernünftige Erklärung…«

»Das bedeutet aber nicht, dass es übernatürlich gewesen ist«, sagte er bestimmt. Er erinnerte sich, wie oft er diesen Satz immer und immer wieder wiederholt hatte, in den Tagen nach dem Fußballspiel. Wie er ihn am Morgen danach irgendwo gelesen und seitdem unzählige Male gesagt, geschrieben, geflüstert und auch hinausgeschrien hatte in den vielen unzähligen Debatten, Streitereien und Diskussionen. Auch zu seiner eigenen Beruhigung.

»Was?«, fragte Nadja.

»Nur weil wir etwas nicht oder noch nicht erklären können, heißt das nicht, dass es rational nicht erklärbar ist. Wenn uns die Geschichte irgendetwas lehrt, dann das.«

»Wie erklärst du dir dann, dass sich an einem einzigen Abend, in derselben Sekunde, acht Prozent der Menschen mit einem Schlag, als wäre ein Schalter umgelegt worden, überall zugleich, plötzlich… so sehr verändert haben? Und zwar dauerhaft? Und ein paar Tage später sechzehn Prozent? Und dann zweiunddreißig und so weiter? Wie?«

Max seufzte.

»Diese Zahlen sind umstritten. Außerdem: Ist das jetzt noch wichtig?«

Er musterte sie möglichst unauffällig.

Sie hatte ihre Hände unter eine Decke geschoben und er glaubte etwas zu sehen, das sich eine Sekunde lang scharf darunter abzeichnete, wie die Spitze eines Messers.

»Scheiße, ja, das ist wichtig«, beugte sie sich vor, dass Max automatisch zurückschreckte. »Ich habe meine kleine Cousine gefragt.« Sie schien sich nicht irritieren zu lassen.

»Ihre Schwester hat es in der ersten Welle erwischt, sie selbst in der zweiten. Die eine wäre an dem Abend fast gestorben. Ist sie dann auch, ein paar Tage später im Krankenhaus. Und weißt du, was mir meine Cousine geantwortet hat, nachdem sie seit Tagen in ihrem Kinderzimmer eingesperrt war und ihr die Eltern das Essen, das sie ohnehin nicht mehr anrührte, in einem Eimer auf die Fensterbank stellten? Einfach nur so aus Angst? Ich meine, kannst du dir das wirklich vorstellen?« Sie schüttelte den Kopf und seufzte tief.

»Weißt du, was sie gesagt hat? Sie hat allen Ernstes behauptet: Mir ist völlig klar, dass das falsch ist. Aber ich kann nicht anders.«

»Ja«, antwortete Max. »Ich weiß…«

*

Er stand gebeugt und halb über die Arbeitsfläche gelehnt allein in der Küche. Vom Wohnzimmer hörte man die Geräusche des Fußballspiels im Fernsehen. Max schüttelte den Kopf und versuchte zu verstehen, was eben geschehen war.

Seine Frau hatte ihm mit der flachen Hand mehrmals ins Gesicht geschlagen, nachdem er ihr in den Daumen gebissen hatte. Sie hatte aufgeschrien vor Schmerz, war ins Badezimmer gerannt und hatte die Tür hinter sich zugeworfen. Er blinzelte, ohne aufzublicken, und rieb sich mit der freien Hand die Schläfe.

Er war vor Schreck zur Seite gewichen als Barbara ihn ohrfeigte und hatte sich den Schädel an einem Küchenschrank angeschlagen. Schließlich schüttelte er sich selbst aus der Schockstarre und wollte wissen, ob jemand auf ihren Schrei reagiert hatte. Aber da gab es keine Geräusche im Wohnzimmer, abgesehen von lauten, aufgeregten Stimmen aus dem Fernseher, die zu ihm drangen. Sonst nichts.

Er leckte sich die Lippen, schmeckte Blut und wusste nicht, ob es sein eigenes oder das seiner Frau war. Mit weichen Knien richtete er sich auf, sah, dass das Badezimmer verschlossen war, und trat langsam ins Wohnzimmer.

»Leute«, sagte er, während er sich die Worte zurechtlegte, »ich glaube, ich muss mit Barbara ins Krankenhaus fahren. Sie hat sich versehentlich…«

Er verstummte, als niemand auf ihn reagierte. Seine Freunde – Dario saß auf seine Knie gestützt auf der Couch, Michelle stand reglos dahinter – starrten in den Fernsehschirm, ohne Notiz von ihm, geschweige denn seinen Worten zu nehmen.

»Da!«, rief Dario und deutete auf eine Stelle im Publikum, als die Kamera beim Abstoß durch das Stadion schwenkte. Im Sektor, auf Höhe der Mittellinie, wuselte es nur so vor Menschen. Sie prügelten aufeinander ein, rissen einander an den Haaren, schlugen mit Fäusten und Füßen, hie und da stolperten welche, stürzten über die Plastiksessel ein, zwei, manchmal sogar drei Reihen hinunter und überschlugen sich. Da wurde die Totale geschnitten und die Kamera folgte wieder dem Ball am Rasen.

»Hast du das ge…?«, rief Dario, unterbrach sich aber selbst, als der ballführende Spieler den Ball freigab, sein Sprint in einen Lauf, dann in einen Trab überging und er schließlich ganz stehen blieb. Er sah zu den Publikumsrängen hoch, die jetzt im Fernsehen nicht mehr zu sehen waren, eigene und gegnerische Spieler taten es ihm nach.

»Was passiert da?«, fragte Max. Michelle schüttelte entgeistert den Kopf.

»Ich habe keine Ahnung. Das ist nicht einmal einer der Fan-Sektoren«, sagte Dario beunruhigt.

Die Kamera behielt die Spieler im Blick, hielt auf den Schiedsrichter, der mit Pfeife im Mund und in die Hüften gestützten Händen gebannt ins Publikum starrte.

»Warum zeigen sie nicht, was da passiert?«

»So, verehrte Zuseher, offensichtlich kommt es endlich zu einer Spielunterbrechung«, erklärte einer der Kommentatoren aus dem Off. »Grund dürfte ein Zwischenfall im Publikum sein, wir warten aber noch auf Informationen. Genaueres lässt sich im Moment nicht sagen. Bedauerlich, so etwas. Dabei sollte es doch um Sport gehen. Wir sehen uns in der Zwischenzeit eine Wiederholung des Tores in der neunzehnten Minute an.«

Doch es folgte keine Wiederholung. Man sah erneut den Schiedsrichter. Er rührte sich nicht, während er in Großaufnahme gefilmt wurde. Der Mann schien vergessen zu haben, wofür er am Platz stand. Seine Augen flogen hin und her, während sich sein Mund leicht geöffnet hatte und sich auf der vom Laufen nassen Stirn kleine Falten bildeten. Plötzlich zuckte er zusammen, machte einen Satz zurück und verschwand. Die Kamera fuhr herum, wackelte, Spieler beider Mannschaften rannten durch das Bild, ein Bierbecher flog vorbei, ein leeres Tor war zu sehen, ratlos herumstehende Trainer und Fotografen am Spielfeldrand.

Mit einem Schlag war der Bildschirm schwarz, dann folgte das Logo der UEFA.

»Was zum Teufel?«, murmelte Max. Schließlich wurden Werbespots gesendet.

»Was war das?«, drehte sich Michelle herum.

»Ich sehe Fußball, seit ich drei Jahre alt bin, aber so etwas habe ich noch nie erlebt«, antwortete Dario, trank sein Glas aus und drehte sich ebenfalls zu Max um.

»Da«, nickte dieser zum Fernseher. Am unteren Rand erschien ein Schriftzug.

--- Das Spiel Bayern München gegen Paris St. Germain wurde unterbrochen. Wir halten Sie auf dem Laufenden ---

»Völlig verrückt«, flüsterte Michelle. Dario grunzte und zückte sein Smartphone.

»Schau dir das an«, sagte er, während er über den Bildschirm scrollte.

»Auf Twitter drehen sie völlig durch. Schau dir das an!« Er riss die Augen auf, als er einen kurzen Videoclip ansah und schlug sich eine Hand vor den Mund. »Scheiße!«

»Was?«, entfuhr es Michelle. Max trat an ihn heran, versuchte etwas zu erkennen, während Dario das Video von Beginn an laufen ließ.

»Das ist aus dem Stadion«, kommentierte er leise.

Max sah, wie inmitten der Zuseher ein Mann auf jemanden einprügelte, der zwischen den Plastiksesseln verschwunden war. Hände umstehender Menschen versuchten einzugreifen, jemand packte ihn am Kragen und riss ihn nach hinten. Der Schläger stolperte zurück, knickte ein und drehte sich herum. Die Gesichtshälfte, die jetzt zu sehen war, war blutüberströmt, als hätte man ihn mit einer roten Farbwalze angeklatscht. Er schrie und fuchtelte mit den Händen, während jener, der am Boden gelegen hatte, sich langsam wieder aufrichtete. Noch auf Knien leckte er genussvoll seine blutigen Hände ab als wären es Dessert-Teller. Er lachte verwirrt.

»Der hat dem ein Ohr abgebissen«, sagte Dario, nachdem das Video geendet hatte. Er scrollte weiter, überflog Kurznachrichten und Hashtags, rief ein Video auf, auf dem nichts als völlig verwackelte Bilder zu sehen waren, und öffnete ein anderes, das aus dem Imbissbereich des Stadions zu stammen schien.

Max verschluckte einen Atemzug, als er eine junge Frau sah, die auf Knien rücklings über den Boden rutschte. An ihrem Arm: ein kleines Kind, das sich in ihren Unterschenkel verbissen hat und den Kopf hin und her reißt, wie ein Bullterrier. Es zerrt an dem Bein, zieht und ruckt mit dem ganzen Körper, und fliegt schließlich nach hinten, während die Frau ebenfalls hinfällt. Das Bild folgt der Frau, die jetzt am Boden sitzt und versucht, die Verletzung abzutasten. Man erkennt dunkles Blut, das aus einem Loch in ihrer Wade quillt. Stiefel sind zu sehen, Hände, die ihr aufhelfen wollen, das Bild schwenkt herum, zu dem Kind, das mit blutverschmiertem Mund auf dem Boden kauert und weinend zu ihr aufsieht. Damit endete das Video.

»Um Gotteswillen«, flüsterte Michelle.

Das Fernsehen zeigte das Intro der Nachrichten, ein Moderator erschien hinter dem Studiopult und blickte direkt in die Kamera.

»Meine Damen und Herren, wir unterbrechen die Übertragung des Fußballspiels für eine Sondersendung. In der vergangenen halben Stunde scheint es nicht nur in der Allianz-Arena zu Szenen gekommen zu sein, die sich kaum in Worte fassen lassen. Aus dem ganzen Land und darüber hinaus mehren sich die Meldungen von Vorfällen, bei denen… he!« Er stand halb auf und blickte über die Kamera, die ihn filmte, hinweg.

»Max?!«, hörte Max plötzlich die heisere Stimme seiner Frau. Er drehte sich um. Barbara stand im Flur und hielt ihre Hand. Sie blutete stark und dort, wo ihr Daumen hätte sein sollen, ragte ein fleischiger Stumpf in die Luft.

*

In seinem Magen rumorte es. Von draußen spähte die tiefschwarze Nacht durch die Ritzen der Fensterbalken in die Hütte. Nadja war wieder eingeschlafen, er nicht. Er war vorsichtig und vor allem darauf bedacht, keinen Lärm zu machen, als er durch die Stube schlich, hatte vergeblich nach dem Messer gesucht und war sich jetzt sicher, dass er es auf dem Tresen abgelegt hatte. Als er ihre Sachen durchsuchte so gut es ging, konnte er keine Waffen finden.

Beim Aufwachen murmelte Nadja: »Wie spät ist es eigentlich?«

Max antwortete nicht. Er fixierte sie und glaubte nicht, dass sie seinen Gesichtsausdruck im Licht der wenigen Kerzen und des Ofenfeuers – es war abermals heruntergebrannt – wirklich erkennen konnte. Minutenlang schwiegen beide.

Seine Augen brannten. Er war todmüde und angespannt zugleich.

»Wofür stehen die Kreuze?«, fragte sie schließlich, ihre Augen kaum öffnend. Er folgte ihrem Nicken zum Türrahmen, an dem Max seine Tage zählte und der jetzt im Dunkeln stand. Sie musste ihn noch bei Tageslicht gesehen haben.

»Jede Kerbe steht für einen Tag, das verstehe ich«, sagte sie. »Aber wofür stehen die Kreuze?«

»Du weißt, wofür.« Sein Gesicht wurde hart.

»Das Letzte ist keine drei Wochen her. Wer war das?«

Er zögerte, räusperte sich kurz und schloss eine Sekunde die Augen, ehe er antwortete.

»Das zweite Glied meines linken Ringfingers.«

»Und die anderen?«

Er seufzte nur, wollte nicht mehr weiterreden.

»Es sind insgesamt mehr Kreuze, als dir Fingerglieder fehlen«, stellte sie fest, und sah ihn an.

Er blickte zu Boden. Seine Kinnpartie begann zu zucken.

»Waren das…« Sie schluckte, sprach aber ruhig weiter: »Waren das Leute, die wie ich ahnungslos hier vorbeigekommen sind?«

Das Zucken breitete sich über seine Wangen aus.

»Willst du etwas essen?«, fragte er schließlich und schnupfte. Er fragte sie, einfach um irgendetwas zu sagen und um sich selbst zur Ruhe zu zwingen. Er war dabei aufgestanden und zur Eingangstür getreten, als würde er sie kontrollieren. In Wirklichkeit musterte er die Einkerbungen. Seine Augen huschten über die Striche, über die einfachen und die, die ein X bildeten. Oder ein Kreuz. So hatte er das noch nie betrachtet. Sein Blick verschwamm, Tränen tropften zu Boden und ein brennendes Glühen stieg ihm ins Gesicht. Einen Augenblick verzerrte sich seine Miene, ehe er sich in der Armbeuge abwischte und wieder zu ihr wandte. Von hier konnte sie ihn nicht sehen. Sie hatte etwas geantwortet, aber das war ihm nicht mehr wichtig. Er konnte es sich nicht leisten, sie auch nur eine Sekunde aus den Augen zu lassen. Alles was er wollte, war schlafen und weinen. Aber das durfte er nicht.

Und dann, als er nicht zurückkehrte, setzte sie sich unter Schmerzen ein Stück weit auf, um nach ihm Ausschau zu halten. Sie hatte sich inzwischen von den meisten der Decken befreit, was ihr mehr Bewegungsspielraum gab. Max mochte das nicht. Er fühlte deutlich das Gewicht des Beils, das er nach wie vor bei sich trug.

»Was hast du anzubieten?« Sie hatte die Augen wieder geschlossen und atmete erschöpft.

»Alles, was du dir vorstellen kannst«, sagte er langsam, schnäuzte sich in ein Geschirrtuch, das er aus einer seiner Taschen gezogen hatte, und hustete nass.

»Alles?«

»Ich kann dir Dosenfleisch geben«, erklärte er, wischte sich über das Gesicht, das jetzt wieder kühler wurde, und kehrte zurück zu seinem Platz. »Gefüllte Paprika. Oder Gulasch.« In seinem Inneren zog sich etwas schmerzhaft zusammen.

»Bloß nicht«, winkte sie ab und unterdrückte ein leeres Aufstoßen. »Ich bin Vegetarierin.«

»Du meinst…«

»Ich meine, ich habe acht Jahre vegan gelebt. Aber das ist nicht mehr machbar. Man kommt heute nicht mehr an die nötigen Lebensmittel und Nahrungsergänzungsmittel, um halbwegs gesund zu bleiben.«

Die ganze Zeit über hatte sie die Augen geschlossen gehalten, als würde es sie viel Kraft kosten, zu sprechen.

»Um gesund zu…« Max verstummte mitten im Satz.

Sie ging nicht darauf ein, sondern öffnete wieder ihre Augen, zog ihre rechte Hand unter der Decke hervor und musterte sie. Sie wendete sie langsam.

»Willst du mir die abschneiden?« Sie hielt den Ring- und den kleinen Finger hoch, sie waren violett, fast schwarz.

Max lachte bitter auf.

»Willst du sie abschneiden und essen, damit du deinen Körper austricksen kannst?«, sagte sie ernst.

Ihre Stimme zitterte und wirkte gleichzeitig völlig ruhig.

»Damit du dir eine volle Mahlzeit, ein paar Dosen Bohnen oder Ravioli hinterher schieben kannst, ohne den größten Teil wieder auszukotzen?«

Er verdrehte die Augen, spürte, wie die Hitze in seinem Gesicht wieder stärker wurde.

»Glaubst du, die schmecken noch, so wie die aussehen?«, fragte sie gereizt.

»Keine Ahnung.«

»Waren deine auch so kaputt, bevor du sie gegessen hast?«

Sie sah ihn nicht an, aber er wusste, wovon sie sprach. Ein beißendes Ziehen war in seinen zwei Fingern zu spüren, die seit Wochen nicht mehr da waren.

Sie räusperte sich.

»Stimmt es, was sie von den Phantomschmerzen sagen?«, fragte sie, als könnte sie seine Gedanken lesen.

Er nickte kaum merklich.

»Du kannst sie haben. Sie müssen schließlich früher oder später ab. Sonst hole ich mir eine Blutvergiftung.«

»Das weißt du noch nicht. Vielleicht erholen sie sich.«

»Ich spüre sie nicht mehr. Nicht mal ein Kribbeln.«

»Trotzdem…«

»Und wenn schon«, beharrte sie mit grimmigem Trotz, plötzlich wieder munterer.

»Hör schon auf.«

»Wieso? Es ist doch die reine Wahrheit. Friss oder stirb, heißt es seit einem halben Jahr.«

»Ernsthaft? Phrasen dreschen?« Max wollte ausspucken. Sie ekelte ihn an. Er tastete sie mit Blicken ab und versuchte herauszufinden, wo sie das Messer versteckt haben könnte, um ihn anzugreifen. Um ihn aufzuschneiden, ihn aufzubrechen wie einen Hirsch und auszuweiden.

»Wo ist der Unterschied?«, fragte sie wieder etwas ruhiger. Ein nasses Rasseln begleitete ihre flachen Atemzüge, das konnte er jetzt deutlich hören.

»Welcher Unterschied?«

»Zwischen dem Fleisch, das wir früher mit Genuss gegessen haben, und dem Fleisch, das wir jetzt essen… müssen.«

»Soll das ein Scherz sein?«, fragte er und wurde zornig.

»Nein. Wo ist da der Unterschied? Zwischen Fleisch von Tieren und dem Fleisch von anderen sogenannten höher entwickelten… Tieren?«

»Es ist Menschenfleisch.« Seine Stimme überschlug sich.

»Der Mensch ist auch nur ein Tier, nicht?«

»Aber Tiere essen nicht das Fleisch der eigenen Spezies«, antwortete er genervt.

»Was ist mit Haien? Oder hungrigen Hyänen. Oder einem abgerichteten Kampfhund. Oder einer Horde wütender Schimpansen?«

»Herrgott, der Mensch sollte es doch besser wissen und gegen seine Instinkte…«

»Exakt!«, unterbrach sie ihn.

Max verstummte.

»Fleisch essen ist ungesund und… verwerflich. Das war es schon, bevor wir begonnen haben uns an anderen Menschen zu vergreifen.«

»Ich brauche hier jetzt keine verfluchte Moralpredigt!«, brüllte er und schlug mit der Faust auf den Tisch. »Ich brauche das wirklich nicht!«

Sekundenlang schwiegen sie. Im Ofen knackte es. Die Spannung in der Stube hatte sich nicht gelöst, sondern war zwischen ihnen noch deutlich spürbar, als sie sich räusperte. Sie lag flach auf dem Rücken und sah an die Decke, während sie mit tränennassen, zornigen Augen redete.

»Ist es nicht eine perverse Ironie, dass du dabei bist, zu verhungern, obwohl dein Vorratsschrank und deine Küche vor Lebensmitteln aus allen Nähten platzen?«

Max spuckte aus. Ein schaler Geschmack hatte sich in seinem Mund ausgebreitet.

»Ich habe mein Messer verlegt«, erklärte er, um endlich zur einzig wichtigen Sache zu kommen.

»Mhm«, kommentierte sie beiläufig und streckte sich ein wenig. Sie schien in ihren quälenden Gedanken festzuhängen.

»Ist es nicht bizarr, dass die, die schon immer geglaubt haben, es sich richten zu können; dass die, die bereitwillig ihrem Blutdurst nachgegeben haben, einfach deshalb, weil sie daran gewöhnt waren, immer alles zu bekommen oder sie es schon immer so gemacht haben, und weil es niemanden mehr gab, der sie jetzt aufhalten hätte können; dass es genau dieselben sind, die jetzt am besten von uns allen weiterleben?«

Sie verbarg ihre Augen wieder unter zitternden Lidern, kämpfte den sie beinahe überwältigenden Kummer nieder, der in Wellen durch sie hindurch flutete, ehe sie wieder ruhiger wurde.

Er beobachtete sie und sah, wie sich ihr Körper schließlich nach und nach entspannte und in so etwas wie einen Dämmerschlaf fiel.

Erst Minuten später, als sie in tiefen, pfeifenden Zügen Luft in die müden Lungen pumpte, als sie eingeschlafen zu sein schien, löste sich seine Anspannung. Max schüttelte den Kopf, stand auf und kehrte ihr den Rücken zu.

Er trat zu einem der Fenster, gab vor, durch die Ritzen der Laden hinauszublicken und behielt sie in der Spiegelung der Scheibe fest im Blick. Sie rührte sich nicht. Sie lag starr da. Wie eine Leiche. Nur das flache Atmen und der sich langsam hebende und senkende Brustkorb bewiesen, dass sie lebte. Sie sah ganz anders aus als vorhin. Friedlich wirkte sie. Ungefährlich. Doch plötzlich, ruckte ihr Kopf zur Seite. Sie spähte herüber, musterte ihn, starrte, glotzte ihn an. Sie durchbohrte ihn mit großen schwarzen Augen. Fraß sich in ihn hinein.

Aber als er sich umdrehte, lag sie wieder still und reglos und mit geschlossenen Augen auf dem Bett. Schien tief zu schlafen.

Er schnappte nach Luft. Ein leichter Schwindel bemächtigte sich seiner, mit eiligen Schritten durchmaß er den Raum, ging in die Küche und setzte Kaffee auf. Der Erste, den er seit Monaten trinken würde.

Er schmeckte wie alles, was kein Menschenfleisch oder Wasser war, nach Fäulnis und Asche und Salz.

Er musste sich an dem erkalteten Herd festhalten, um nicht umzukippen, als das Würgen einsetzte. Bei Flüssigem war es zumindest nicht ganz so schlimm, aber ihm wurde dafür noch schwindliger, jede Bewegung wurde zur Qual.

Als er die Dunkelheit aus seinem Kopf fortgeblinzelt hatte, betrachtete er seine abgezehrten Unterarme.

»Nicht mit mir«, flüsterte er. »So nicht.«

*

Barbara stand im Türrahmen, hielt ihren blutüberströmten Arm in die Luft und sah verwirrt in die Gesichter der Runde. Sie hatte Angst. Einen Moment passierte nichts.

»Shit!«, schrie Dario jetzt und sprang auf. Jeder versuchte die Situation zu verstehen. Dann machte Dario einen Schritt auf sie zu, wich aber gleich wieder zurück. Max schaute sie bloß entgeistert an.

Michelle reagierte als erste vernünftig. Sie lief auf Barbara zu, griff nach ihrem Arm und zog sie vorsichtig in die Küche.

»Ruft die Rettung!«, schrie sie über die Schulter.

Weder Max noch Dario bewegten sich. Die beiden Männer sahen bloß in Richtung Küche, ohne sich zu rühren. Sie hörten Michells Stimme. Sie wirkte plötzlich wieder sanft und beruhigend, als würde sie einem kleinen Kind gut zureden, das sich im Supermarkt verirrt hatte.

Ein Zucken durchfuhr Max, als er aus seiner Schockstarre erwachte. Es schüttelte ihn regelrecht, ehe er sein Telefon mit zitternden Fingern aus der Tasche zog und den Notruf wählte.

Kein Signal.

Er wiederholte es. Es läutete. Aus der Küche drang ein heller Schrei. Etwas klapperte. Beinahe hätte er sein Telefon fallen lassen. Er drückte es Dario in die Hand. »Ruf die Rettung!«

Dann stolperte er in die Küche. Barbara war an den Einbauschränken hinabgerutscht und saß auf dem Boden. Michelle presste ein frisches Küchentuch auf die Wunde und hielt den Arm seiner Frau hoch.

»Hast du angerufen?«

»Dario«, sagte Max und kniete nieder, um seiner Frau ins Gesicht zu sehen.

»Wird alles gut. Alles o.k., mach dir keine Sorgen«, sagte er und strich ihr über die Wange. Sie war kalt. Ihr Gesicht war fahl und blass.

»Mir ist schwindlig«, antwortete sie träge. Sie nuschelte.

Michelle griff nach Max' Hand, um ihm den Druckverband zu reichen. »Hoch halten«, sagte sie und wendete sich der Spüle zu, um ein Glas mit Wasser zu füllen.

Er tat es, setzte sich halb neben seine Frau und lehnte seine Stirn gegen ihre, während er ihre verletzte Hand hoch über den Kopf hielt.

»Lass mich sehen«, sagte Barbara und wollte ihren Arm zu sich ziehen. Er hielt sie zurück.

»Alles gut. Lass nur.«

»Hier«, lenkte Michelle Barbara ab und reichte ihr das Wasser.

»Dario?«, rief sie und wendete sich um. Ihr Mann war inzwischen in die Küche getreten und schüttelte den Kopf.

Sie ging auf ihn zu, zog ihn in den Flur, wo sie sich leise unterhielten. Man konnte trotzdem alles hören.

»Die können niemanden schicken, grade«, sagte er.

»Wie bitte was?«

Max drehte sich zu ihnen um.

»Die sagen, sie sind ausgelastet. Wir sollen sie ins Auto packen und ins nächste Krankenhaus fahren.«

»Muss ich ins Krankenhaus?«, fragte Barbara. Sie sprach langsam, ganz so, als hätte sie irgendwelche Pillen eingeworfen.

»Alles wird gut«, versicherte Max erneut. Ihm fiel nichts Besseres ein.

Michelle und Dario schienen zu überlegen.

»O.k.«, nickte Max schließlich. »Kannst du fahren, Dario?«

»Klar! Aber…«

»O.k., Liebling«, wendete er sich zurück und sah seiner Frau ins Gesicht. »Liebes…? Liebling…? Barbara?« Sie brauchte einen Moment, um ihn zu erkennen. Sie blickte ihn an, als würde sie durch ihn hindurchsehen.

Vom Hochhalten wurden seine Arme allmählich taub.

»Wir bringen dich jetzt in die Notaufnahme. Ist das für dich o.k.?«

Sie schien ihn nicht ganz zu verstehen. Er versuchte ein Lächeln. In der Spiegelung des Backofens sah er sein Gesicht. Es sah grotesk aus.

»Dario?«, wendete er sich um. »Kannst du im Bad nachsehen ob du… Kannst du ins Bad schauen?«

»Hä?« Er kapierte es nicht. Michelle schon. Sie lief in den Flur, verschwand kurz und schüttelte den Kopf, als sie wieder erschien.

»Nichts?«

»Nein. Ich… nein.« Sie verschwand wieder im Badezimmer.

»Liebes«, wendete er sich wieder an seine Frau. »Wo…« Er legte kurz das Kinn auf die Brust, atmete ein, sah wieder auf. »Wo hast du deinen Daumen?«

Sie verstand nicht.

»Wo ist dein Daumen?«

Er spürte, wie Barbara ihre verletzte Hand zu sich ziehen wollte, um sie herzuzeigen.

Er schüttelte sanft den Kopf.

»Nein, Liebling… Wo ist dein Daumen?«

Und dann begriff sie. Tränen sammelten sich in ihren Augen.

»Ich…« Sie räusperte sich, sprach plötzlich ganz leise. »Ich habe… ich habe ihn geschluckt.«

Wieder vergingen ein paar Sekunden, in denen Max seine Frau ansah und versuchte, die Informationen zu verarbeiten.

»O.k., Liebes«, sagte er schließlich und kämpfte dagegen an, seine Stimme zu verlieren.

»Wir fahren jetzt. Kannst du deine Hand nehmen?« Er führte ihren Arm vor die Brust und drückte ihre heile Hand darauf. »Schön festhalten, ja?«

Sie nickte heftig, während sie mit ihren Tränen kämpfte.

»O.k.«, sagte er, ging auf die Knie und umfasste seine Frau unter den Schenkeln und am Rücken. Er musste stöhnen, als er sie hochhob. Er drückte sie an sich und lief los. Dario hielt die Tür auf, Michelle schnappte die Jacken.

»Was hat sie?«, sagte Dario leise, »Ich verstehe das nicht. Wo…?«

Max ignorierte es.

Erst im Stiegenhaus fiel ihm auf, dass er keine Schuhe angezogen hatte. Er blieb stehen, sah sich um und als würde

Barbara spüren, dass er überlegte, sie abzusetzen, flüsterte sie: »Lass mich nicht allein.«

»Nein. Nein, ich lasse dich nicht allein. Versprochen.« Seine Schuhe waren ihm jetzt egal.

Dario fuhr, Michelle saß am Beifahrersitz. Barbara hatte er auf die Rückbank gesetzt. Sie hatte sich an ihn geschmiegt, hatte kurz geweint und den Kopf auf seine Brust gelegt. Max streichelte ihre Stirn. Niemand sprach. Zu sehr waren sie abgelenkt von dem, was draußen vor sich ging.

Immer wieder passierten sie irgendwelche Einsatzfahrzeuge. Immer wieder flutete Blaulicht durch die Nacht. Sie sahen, wie ein Mann in einem Hoodie mit vollem Tempo über die Straße sprintete. Er musste vor irgendetwas davonrennen. Sie sahen, wie eine junge Frau ihr Telefon mit beiden Händen an das Ohr drückte und weinend auf die Knie sank. Sie sahen, wie Polizeibeamte ein brutales Handgemenge aus fünf oder sechs Männern auseinandertrieben. Wie eine Frau von einem Obdachlosen gegen die Auslage eines Kebabladens geschleudert wurde. Ein paar Passanten versuchten einzugreifen.

Als sie an einer bekannten Studentenkneipe vorbeikamen, mussten sie auf die Gegenfahrbahn wechseln. Die Glasauslage und Teile des Mobiliars lagen zertrümmert und in Scherben auf dem Randstein und dem rechten Fahrstreifen.

An einer Kreuzung hockte ein blutüberströmter Jugendlicher und umklammerte mit leerem Blick seine Beine. Ein Kiosk neben einer Shishabar stand in Flammen und wurde gerade von drei Feuerwehrleuten gelöscht. Sie passierten immer wieder mitten auf der Straße stehen gebliebene Fahrzeuge. Manche waren ineinander verkeilt, hatten Blechschäden oder standen einfach verlassen und mit geöffneten Türen und teilweise laufenden Motoren da. Niemanden kümmerte es.

»Alles gut«, flüsterte Max immer wieder und strich Barbara über Stirn und Gesicht. Sanft drückte er sie näher an sich, um sie vor dem Chaos dort draußen zu bewahren.

»Nicht!«, schrie Michelle, als Dario gegen eine Einbahn steuerte.

»Ich kann nicht anders. Dort ist alles…«

Er trat das Bremspedal durch, ehe einen Sekundenbruchteil später ein Radfahrer seitlich in ihre Motorhaube einschlug. Der Knall fuhr ihnen bis in die Knochen. Der Mann flog an der Windschutzscheibe vorbei und krachte gegen ein parkendes Fahrzeug.

»Um Gottes Willen«, schrie Max. Er stieß die Tür auf, sprang aus dem Wagen und lief auf den Mann zu. Er lag am Boden, stöhnte und krümmte sich.

»Hilfe!«, rief Max, während er sich umdrehte, um auf sich aufmerksam zu machen. »Wir brauchen Hi…«

Er erschrak und fuhr herum. Der Mann am Boden griff nach seinem Bein, krallte sich in seine Hosen und zerrte ihn an sich. Max stolperte, fiel und versuchte sofort sich von dem Typen zu befreien, der bereits das zweite Bein packen wollte.

»Nicht!«, schrie er und drückte mit dem freien Fuß gegen dessen Schulter. Aber er wollte nicht loslassen.

»Nicht. Lass los!«, schrie er.

Hinter ihm knallte ein Schuss.

»Polizei. Stehenbleiben!«, schrie jemand. Noch ein Schuss. Glas klirrte.

»Warum?«, brüllte jemand.

»Hilfe!«, kreischte eine Stimme durch die Straße.

»Max!«, hörte er Michelle.

Der Radfahrer umklammerte ihn, griff nach seinem Hosenbund, seinem Hemd.

»Stopp!«, schrie er, aber der Fremde reagierte nicht.

Da riss Dario den Radfahrer von ihm herunter, half Max auf und sie sprangen zurück in den Wagen.

»Was geschieht hier?«, schrie Dario, als er aufs Gas drückte.

»Was zur Hölle ist hier los?«

Durch die Heckscheibe sah er, wie der Radfahrer, noch immer am Boden liegend und halb gekrümmt seine Hand nach ihnen ausstreckte. Dann nahmen sie die nächste Kurve.

Max nahm Barbara wieder in den Arm. Sie starrte ihn an, ihr Gesicht war schneeweiß. Er drückte sie an sich, sie zitterte.

Michelle versuchte ruhig zu sprechen, als sie sich zu ihnen umdrehte, schaffte es aber nicht. »Wir sind gleich da.«

Dario sagte inzwischen gar nichts mehr.

Barbara vergrub ihre Augen in der Achsel von Max, glitt nach oben und presste das Gesicht gegen seinen Hals.

Immer wieder flüsterte er: »Alles gut! Alles wird gut« und verstand die Welt nicht mehr. Sein Herz hämmerte. Er schwitzte und musste heftig Luft holen.

»Ich liebe dich. Es wird alles gut, Liebes. Ich verspreche es dir. Ich lasse dich nicht allein.«

Sie schien das Bewusstsein zu verlieren. Schien irgendwie ganz ruhig und friedlich in einen gnädigen Dämmerschlaf gesunken zu sein. Benommen drückte sie sich schließlich ein wenig von ihm weg. Er wollte sie schon wieder zu sich ziehen, doch plötzlich, mit einem gewaltigen

Ruck, fuhr ihr Kopf herum. Ihre Augen waren schwarz und groß und nass und starrten ihn an.

Er schrie nicht, als Barbara ihm in den Hals biss. Zu groß war die Überraschung. Instinktiv wollte er sich von ihr wegdrehen. Doch sie hatte sich fest verbissen. Sie umklammerte ihn, krallte sich in sein Hemd. Max spürte, wie seine Haut zerriss. Erst nach Sekunden brüllte er vor Schmerz, schob die Schulter zwischen sich und seine Frau, aber sie war plötzlich stärker.

»Nicht!«, schrie er, als sie sich auf ihn stürzte. Dario bremste, sie fiel nach vorne, knallte gegen Darios Kopf, er verriss den Wagen und sie krachten gegen einen Hydranten.

Die vorderen Airbags explodierten, schleuderten Dario und Michelle in ihre Sitze zurück. Max wurde mit dem Gesicht voraus gegen die Kopfstütze des Fahrers gewuchtet. Etwas knackte, ihm wurde sofort schwarz vor Augen.

Als er zu sich kam, spürte er als erstes das Gewicht auf seinem Körper. Es war Barbara, die zwischen die Sitze gekeilt, halb auf der Rückbank, halb im Fußraum eingeklemmt auf ihm lag und ihm in die Brust biss. Er spürte, wie ihre Zähne von beiden Seiten durch die Haut in sein Schlüsselbein knirschten.

»Es tut mir so leid«, presste seine Frau zwischen den Zähnen hervor. Speichel und Blut liefen an ihrem Kinn hinunter. Sie weinte, schluchzte, zitterte und wiederholte immer wieder: »So leid… tut mir so leid«, während sie dabei Haut und Fleisch aus ihm herausriss.

*

Max wusste nicht mehr, wie er in die Küche gekommen war. Hatte er geschlafen? Er schaute auf die Uhr. Viertel nach vier morgens. Panisch trat er in die Stube, sah schräg hinter dem Tresen, wie sich die Decken auf dem Bett langsam hoben und senkten.

Er krempelte die Ärmel seines Hemdes bis über die Ellbogen, betrachtete die dünnen Muskelstränge, die sich völlig fettbefreit unter der fahlen Haut über den blanken Knochen spannten. Er drehte die Hand um, fuhr mit den Fingern der anderen Hand zwischen Gelenk und Uhrband. Es passten bereits zwei hinein.

Nadja schien immer noch zu schlafen. Das Pfeifen ihres Atems war deutlich zu hören, Schweiß lag auf ihrer Stirn. Max setzte sich auf seinen Platz, aber sofort umfing ihn wieder diese zähe Müdigkeit. Verbissen wartete er darauf, dass der Kaffee seine Arbeit tun würde.

Ein dumpfer Knall riss ihn aus dem Schlaf. Er sprang auf, fiel zurück und kippte schräg über die Sessellehne. Er konnte nichts sehen, sein Kreislauf ließ ihn kurz erblinden, die Dunkelheit der Stube besorgte den Rest. Er hielt den Atem an, während er rückwärts über den Boden rutschte. Eine Hand hielt er schützend vor das Gesicht, mit der anderen fuchtelte er blind durch die Luft.

Es war ruhig in der Stube, nur die Kerzen flackerten und durch die Ritzen der Fensterbalken drang das erste Morgengrau. Keine Bewegung. Also beugte er sich ein wenig vor, um besser sehen zu können.

Der Ofen stand tot und kalt neben dem Tresen. Auf dem Bett daneben lag Nadja, atmete angestrengt und neben seinem umgekippten Sessel lag das Beil. Es musste ihm aus der Hand gerutscht und zu Boden gefallen sein.

Nachdem sich sein Blick an das Halbdunkel gewöhnt hatte, sah er plötzlich… das Messer. Es lag schräg hinter der Theke, knapp an der Wand. Drei oder vier Schritte von Nadjas Bett entfernt. Sie konnte es unmöglich erreichen, wusste bestimmt nicht einmal, dass es da war. Es musste einfach irgendwann zu Boden gefallen sein.

Mit einem leisen Schluchzer rutschte er nach hinten, unter einen der Tische, und umschloss seine Schienbeine. Er weinte still und wippte wie ein Kind vor und zurück. In seinem Magen rumorte es, ihm war speiübel. Automatisch fasste er sich an den Bauch und erschrak einmal mehr, als er das Gefühl hatte, unter seinem Rippenbogen eine Höhlung zu ertasten. Er fasste sich an den Gürtel, glitt über die unzähligen, im Laufe der Monate zusätzlich hineingebohrten Löcher.

Zitternd griff er sich mit der kalten Hand in den heißen Nacken und zuckte zusammen, als er die spitzen Höcker seiner Wirbel unter der Haut ertasten konnte. Sein ganzer Leib begann zu beben, es schüttelte ihn. Er tastete über sein Gesicht, das nur mehr aus Haut und Knochen zu bestehen schien. Er krallte die Finger beider Hände in die hohlen Wangen, riss den Mund zu einem stummen Schrei auf, hielt den ganzen Körper sekundenlang zum Zerreißen gespannt, bis er alle Angst, allen Kummer, alle Wut und Zorn und Panik still hinausgeschrien hatte. Dann sackte er erschöpft zur Seite und blieb mit der Wange auf den staubigen Dielen liegen, während ihm Tränen seitlich über das abgezehrte Gesicht liefen.

»Max?«, hörte er irgendwann Nadjas schwache Stimme.

»Bist du da?« Sie klang ängstlich.

Mit einem Ächzen kroch er unter dem Tisch hervor, zog sich hoch und kam schwankend auf die Beine.

»Ja«, antwortete er mit tränenerstickter Stimme.

»Kannst du mir helfen?«, flüsterte sie und sah ihn an. Sie hatte die Decke halb zurückgeschlagen und erst auf den zweiten Blick verstand er. Ihre Hose und das Fell, auf dem sie lag, waren völlig nass.

»Oh«, sagte er, und tapste auf sie zu. »Oh, ja. Natürlich.«

Sie schlug die Augen nieder, eine leichte Röte färbte ihr blasses Gesicht. Er trat an sie heran, fasste sie unter beiden Armen und half ihr, sich aufzusetzen. Es fühlte sich an, als würde er ein Skelett umarmen.

»Ich kann nicht«, stöhnte sie und gab es auf, sich die Hose auszuziehen. Sie war zu schwach. Er zog sie hoch, half ihr, sich zur Seite zu drehen, ehe er das Fell unter ihr herauszog und die nasse Decke sowie die Klamotten hinter das provisorische Bett warf. Es klatschte dumpf, als sie am Boden aufschlugen.

»Moment«, flüsterte er zart, ließ sie zurück und eilte in die Küche, wo er eine Steppdecke von seinem eigenen Bett zog, um sie darin einzuwickeln.

Nadja sank erschöpft zurück und formte ein lautloses »Danke«, mit spröden, ausgetrockneten Lippen.

Er stellte neues Wasser auf und wollte ihr zu trinken geben, aber sie war schon wieder eingeschlafen als er zurückkehrte. Also setzte er sich auf seinen Platz und beobachtete sie. Sah zu, wie sich ihr schmaler Brustkorb langsam hob und senkte, wie sich ihre Augen hinter den Lidern wild bewegten und wie sie hin und wieder im Schlaf zusammenzuckte.

»Ich weiß es nicht«, flüsterte Max plötzlich in die Stille hinein.

Sie hörte ihn nicht.

»Du hast mich gefragt, ob es noch Menschen gibt, die mir wichtig sind. Familie oder Freunde… Ich meine…«

Er murmelte mehr als wirklich zu sprechen, während er ihr beim Schlafen zusah. »Meine Frau ist… Nein. Mein Vater ist vor Jahren bei einem Verkehrsunfall gestorben, meine Mutter wurde von einem Irren beim Ausbruch der dritten Welle angefallen und ist am Parkplatz eines Supermarkts verblutet. Mein Bruder hat sich erschossen. Das war, nachdem seine Tochter sich selbst die Hände zerbissen hat. Bevor der Strom zum ersten Mal länger ausgefallen ist, lag sie irgendwo in einem Krankenhaus in Düsseldorf. Der Sohn meiner Cousine ist auch gestorben… Die Kinder hat es am schlimmsten erwischt, die hatten sich am wenigsten unter Kontrolle. Das war noch vor dem Stromausfall. Ich habe danach nichts mehr von ihnen gehört. Ich hatte zwei Tanten. Eine hat sich… sie hat Tabletten geschluckt, als die dritte Welle eingeschlagen hat und ihr Mann davon betroffen war. Und von den anderen…«

Er hielt einen Augenblick inne, verschnaufte und schüttelte den Kopf.

»Ich weiß es ehrlich gesagt nicht mehr. Nachdem das Internet in Mitteleuropa ausgefallen ist… nachdem ich seit Monaten keinen Zugang mehr zum Strom habe… ich weiß es einfach nicht. Und ich weiß auch nicht, ob ich ihnen noch ins Gesicht sehen könnte, nach alldem, was passiert ist. Was sie getan haben. Was ich selbst getan habe. Was… was Menschen einander angetan haben.

Der Großteil meiner Familie lebt im Ausland. Meine Tochter und meine Ex sind in Polen. Ich habe keine Ahnung, wie es ihnen geht. Und ich habe auch nicht wirklich ernsthaft versucht es herauszufinden. Die Wahrheit ist…

ich war einfach zu feige. Und jetzt sitze ich hier, und… und…«, er warf die Hände in die Luft, seine Stimme kippte, »…rede mit einer lebenden Leiche. Mit einer Leiche, wie ich selbst eine bin.« Er schluchzte ein zähes Lachen.

»Ja, es stimmt. In Wahrheit«, sein Gesicht hatte sich zu einer Fratze verzogen, »bin ich ein Feigling. Sonst hätte ich schon längst Schluss gemacht. Ich bin ein armes Schwein, das zitternd und nackt in der Dunkelheit sitzt. Und niemanden interessiert es. Denn die Wahrheit ist, dass wir seit zehntausend Jahren mit allen Mitteln daran gearbeitet haben, alles in unserer Umgebung aufzufressen und zu zerstören. Und jetzt ist nichts mehr übrig. Es ist nur logisch, dass der Mensch jetzt beginnt, sich selbst zu vernichten in seinem Zerstörungswahn. Und vielleicht ist das auch gut so…«

Max atmete heiser aus. Sein Blick glitt zu dem Kabel, das verloren im fahlen Licht des grauen Morgens von der Decke baumelte. Langsam stand er auf, fasste das Beil am Stiel, ging in die Küche und sah sich einen Moment um. Er betrachtete mit traurigen Augen die unzähligen Dosen und Nudelpackungen. Er öffnete einen Schrank, der vollgefüllt war mit abgelaufenen Lebensmitteln, sah durch sie hindurch und griff schließlich nach seinem Hemd.

Er streifte es hoch, musterte den eingefallenen Bauch, der eingerahmt wurde von harten Beckenknochen und scharf durch die Haut schneidenden Rippenbögen. Seine Finger glitten über die Brust zum Schlüsselbein, wo sich wulstig die Narben einer Bisswunde aufwarfen.

Er atmete aus, stopfte das Hemd wieder zurück in die Hose und griff nach seinem kleinen Notizbüchlein.

Nachdem er einen schnell hingekritzelten Eintrag gemacht hatte, trat er zurück in die Stube. Er zog das Klappmesser aus seiner Hosentasche, trat an den Holzrahmen und ritzte ein großes X neben die unzähligen Striche. Oder ein Kreuz. Dann drehte er sich um.

Die Hütte stand friedlich im Schnee. Die ganze Welt ringsum war begraben unter einer weißen Decke, die bleischwer auf ihr lastete.

Einige Meter vor der Hütte bürstete ein kalter Wind die Schneedünen und hatte die Spitzen eines abgefressenen, nackten Rippenbogens freigelegt.

Kein Vogel sang.

EIN SCHLECHTER TAG

Die Einsatzbesprechung war zu Ende. Die Kampfpiloten verließen den Raum im Herzen des Flugzeugträgers. In Gedanken waren sie bereits in den Cockpits, in die sie in wenigen Minuten klettern würden. Nur einer von ihnen war sitzen geblieben, starrte wie gebannt auf den Tisch vor ihm und zuckte merklich zusammen, als der Offizier, der die Befehle ausgegeben hatte, ihn anredete.

»Eichstätt, ist alles in Ordnung?«, fragte der junge Mann und deaktivierte den Beamer, mit dem er eben noch taktische Karten und Luftraumaufzeichnungen an die Wand projiziert hatte.

Der Mann kam frisch von der Akademie, sein forscher Ton wies ihn als Elite-Schüler aus.

»Ähm…ja. Entschuldigen Sie«, antwortete Hermann Eichstätt und wischte sich über die Stirn. Sie fühlte sich feucht und kalt an. Er stand auf, rückte seinen Sessel zurecht und versuchte, seinen Vorgesetzten entschlossen anzusehen.

»Woher kommen Sie?«

»Frankfurt«, antwortete er und strich dabei über seine schmerzende Schläfe.

»Ist es Ihre erste NATO-Übung?«

»N… Nein. Ich meine, nicht direkt.«

»Sind Sie einsatzfähig?« Die Frage war ehrlich gemeint. »Geht es Ihnen gut?«

»Selbstverständlich«, sagte Hermann. Er drehte sich um und schob den Kugelschreiber in die Spiralen seines Notizblocks.

»Woran haben Sie gerade gedacht?«

»…dass Sie mein Neffe sein könnten«, antwortete Hermann wahrheitsgemäß.

»Wie bitte?« Der Offizier sah ihn überrascht an.

Hermann räusperte sich und wiederholte: »Ich habe an meinen Neffen gedacht. Er hat gerade sein Abi gemacht.«

»Verstehe…«

Hermann nickte. Er wollte sich verabschieden.

Aber er war noch nicht entlassen. »Wie lange sind Sie schon dabei?«

»Beim Militär?«

»Ja«, sagte der Offizier freundlich.

»Sechzehn Jahre.«

»Na, dann brauche ich Ihnen ja nichts zu erzählen.«

Hermann versuchte ein Lächeln, dann salutierte er und wandte sich zum Ausgang.

»Darf ich Sie fragen«, sagte der Mann jetzt und hielt ihn noch einmal auf, »warum Sie sich zu dieser Übung gemeldet haben?«

»Ich bin immer gern geflogen«, gab Hermann zurück, ohne ihn anzusehen. Es schien als Antwort zu genügen. Er verließ den Besprechungsraum, ging den schmalen Flur entlang, vorbei an unzähligen Kabinen, und gelangte über eine weiße Stahltreppe zum Deck mit den Unterkünften.

Nachdem er die graue Tür seiner Kajüte hinter sich zugedrückt hatte, starrte er eine Zeit lang auf das Nicht-Raucher-Zeichen unterhalb des Evakuierungsplans. Dann zog er ein frisches Päckchen Zigaretten aus der Brusttasche und steckte sich eine an. Er öffnete das Bullauge seiner Kabine, lauschte dem Rauschen des Meeres unzählige Stockwerke unter ihm und betrachtete die Schaumkronen, die sich im Dunkelgrau des erwachenden Tages kräuselten, bis sich irgendwo dahinter die Landmasse der Halbinsel Krim aus dem Schwarzen Meer erhob.

Er griff nach dem Telefon auf seinem Nachttisch und überflog die Vorschau der jüngsten Textnachricht. Absender: »Adam«. Text: »Lass uns telefonieren, Mann. Du…«

Er wischte weitere Nachrichten – alle stammten von Adam – weg ohne sie zu lesen und rief den Browser auf. Er wollte gerade etwas ins Suchfeld tippen, als sein Blick auf seine letzte Suchanfrage von heute Früh fiel. Ein plötzlicher Schauder ließ ihn erstarren und seine Hände begannen zu zittern. Eine Art frostiger Wind jagte ihm eine Gänsehaut über den heiß werdenden Nacken. Seine Finger schlossen sich so fest um das Telefon, dass die Knöchel weiß wurden. Seine Augen röteten sich, während er die Zigarette in einen Wasserbecher fallen ließ, bevor ihm der Blick verschwamm und er laut aufschluchzte.

Einige Minuten später tippte er eine Nachricht und schickte sie ab.

»Danke für alles, Adam.«

Dann schaltete er das Telefon ab, schob es in seine Brusttasche, verließ die Kajüte und stieg an Deck.

Kurz darauf hob sein Eurofighter Typhoon ab. Nach neun Minuten ließ er den erlaubten Luftraum hinter sich und drang in das russische Hoheitsgebiet Richtung Sewastopol ein. Die Aufforderung sofort umzukehren, die Kommandos, die sich schnell zu einem Brüllen in seinem Headset steigerten, als er sich weiter dem Festland näherte, ignorierte er. Dann schaltete er den Funk ab und beschleunigte maximal.

*

Der Kaffee dampfte in der kalten Morgenluft. Die Wärme des Metallbechers drang wohlig durch Ilyas' zerfranste Wollhandschuhe, während er aufmerksam den Himmel fixierte. Im diffusen Licht des neuen Tages wirkte es, als würden die letzten Sterne der Nacht ertrinken. Fast violett faltete sich das Firmament über der Halbinsel aus.

Einen Moment lang hörte sein Magen auf zu knurren. Einen Moment lang vergaß er sogar das Drücken der Kampfweste, die unter den Armen scheuerte und schwer auf seinen Schultern lastete. Er vergaß alles rundum. Den Panzerwagen mit dem Flugabwehrsystem, auf dem er saß, die klirrende, russische Kälte, die der heulende Wind aus dem Osten herantrug, den Hunger, die Schmerzen und die trostlose Einsamkeit des Grenzabschnitts.

Ilya schüttelte den Kopf, wischte sich mit dem Handrücken die Tropfen seiner feuchten Nase aus dem Bart und stellte den Kaffee auf der Munitionskiste ab, auf der er saß. Mit einem Seufzer zog er sein Handy aus der Tasche und rief das Profil seiner Frau auf. Es war aktualisiert worden.

Das Foto hatte ursprünglich sie beide am Tag ihrer Hochzeit gezeigt, als sie lachend in die Kamera blickten. Es war ein guter Tag gewesen.

Jetzt fehlte aber ein entscheidender Teil. Dina hatte das Foto beschnitten. Sie hatte sein Gesicht gelöscht. Er wischte weiter nach unten. Aber da war nichts anderes mehr zu sehen. Die Pinnwand blieb leer. Konsterniert sandte Ilya eine Freundschaftsanfrage.

»Sie wurden vom Benutzer/von der Benutzerin geblockt«, ploppte ein Hinweis auf.

Seine Lider flatterten, er schloss die Augen und fluchte leise. Dann nickte er und schob das Telefon wieder in die Tasche. Einen Augenblick sah er über die Schulter, zog eine Wodkaflasche aus seiner Weste und füllte den Kaffeebecher auf.

In einem Zug trank er ihn aus, füllte noch einmal nach und fuhr zusammen, als er die Stimme seines Kameraden aus dem Führerhaus des Kettenfahrzeugs hörte. Hastig verstaute Ilya die Flasche, zog den Reißverschluss hoch und klemmte sich dabei ein.

»Hä?«, rief er und biss sich auf die Unterlippe.

»Befehlsausgabe«, murrte Sergej etwas lauter. Es war eines von vier Wörtern, die sein Kamerad im Laufe ihrer 72-stündigen Schicht freiwillig verlor. Und diesmal waren sie noch dazu bloß zu zweit, die beiden anderen Kameraden waren in der Kaserne geblieben und lagen mit Fieber auf ihren Pritschen.

»Ja«, gab Ilya zurück und stand auf. Er kletterte vom Rücken des Panzerwagens, der das einsatzbereite Lenkwaffensystem 9K37-BUK geladen hatte und wie ein dunkelgrüner Fels aus der eisigen Ebene emporragte.

Ilya öffnete seine Hose, pinkelte gegen den Reifen und spuckte auf die zerkratzte Lackierung an der Flanke des Wagens. Er traf den Fleck, wo die russische Flagge prangte, die gleiche, die er an der Schulter trug.

»Scheiß Land«, murmelte er und stapfte über die bei jedem Schritt trocken krachende, in der Nacht gefrorene Erde zur Fahrerkabine, die unterhalb des Feuerleitstandes lag.

Als er hineinkletterte und die schwere Tür hinter sich zugezogen hatte, versuchte er, möglichst flach zu atmen. Sergej dünstete den Kohl aus, den es täglich in der Kaserne gab und stank wie ein Ochse. Er furzte unablässig und roch dazu noch stark nach Schweiß.

»Warum«, fragte Ilya mit Blick auf die roten Ziffern der Uhr, die dort eingefasst war, wo ein Zivilfahrzeug den Rückspiegel montiert hat, »warum geben die zu dieser Uhrzeit einen Befehl raus?«

Sergej murrte bloß, zog die dicken Kopfhörer von den Ohren, mit denen er bisher gelauscht hatte, und legte einen kleinen Schalter am Armaturenbrett um. Sofort ertönte die knacksende Stimme eines Offiziers aus den Lautsprechern. Er kannte ihn. Ilya hatte so etwas nicht für möglich gehalten, aber der Mann klang tatsächlich noch ernster als sonst. Als würde Putin selbst durch das Funkgerät zu ihnen sprechen. Er drehte am Lautstärkeregler des Funks.

»…ist damit zu rechnen, dass es vermehrt aufkommenden Flugverkehr gibt. Der Befehl lautet: Abschuss aller unbekannten Objekte, die in den Luftraum eindringen. Das gilt für die Abschnitte M12, M13, 14 und 15, N12 bis 16, sowie O4 bis…«

Plötzliche Stille.

Kein Rauschen, kein Knacksen, wie man es von alten Radios kennt, war zu vernehmen.

Ilya drehte am Lautstärkeregler, schaltete das Gerät ein und aus, steckte die Kopfhörer an, die im Fußraum lagen, und lauschte. Nichts. Rein gar nichts.

»Das Signal ist weg… Blyat!«, fluchte er. Er sah Sergej an, der bloß durch die frostbeschichtete Windschutzscheibe auf die Ebene und die Ausläufer des Krim-Gebirges und das Meer dahinter starrte und sich nicht rührte.

»Was hat er vorher gesagt? Wie lautet der Befehl genau?«

Sergej antwortete nicht.

»Scheiße, Mann, rede mit mir.«

»Du hast es gehört.«

»Aber nicht alles.«

»Abschussbefehl, wenn fremde Objekte in Luftraum eindringen.«

Sergej stammte aus Ola, einem abgelegenen Dorf im äußersten Osten Russlands, das mit etwas über 5.000 Einwohnern seit dem Zerfall der Sowjetunion 50 Prozent seiner Bevölkerung eingebüßt hatte. Dort, wo die Temperatur des Meerwassers unter den Gefrierpunkt sinken konnte, und wo die Menschen von Fischerei und dem Anbau von Kohl und Kartoffeln lebten, war er geboren worden.

Und nicht nur seine breite Statur war die eines russischen Bauern aus dem äußersten Osten, auch seine Sprache verriet ihn. Er sprach nicht bloß mit Akzent, nicht bloß ein unsauberes Russisch, nein, er verdrehte regelrecht die Worte beim Reden. Wenn er mehr als Halbsätze sprach, wurde das besonders deutlich. Dann wurde er ungeduldig und jähzornig, heftete seinen Blick auf den Boden und verstummte abrupt.

»Ha… Hat er sämtliche Abschnitte, für die das gilt, vorher durchgesagt?«, fragte Ilya nach einer kurzen Nachdenkpause.

»Nein.«

»Das heißt, wir wissen nicht, ob wir im Zweifel einen Schießbefehl haben?«

»Nein.«

»Blyat!«, schrie er und warf die Kopfhörer gegen die Windschutzscheibe. »Was geht da vor?«

»Habe ich ja gesagt. Truppenbewegung auf der anderen Seite. NATO macht Übung.«

»Ich weiß, dass die dort ihr Manöver abhalten. Aber es hat doch noch nie einen Abschussbefehl gegeben. Was ist da eigentlich los?«

Sergej hob die Schultern. »Kein Zögern, wenn sie provozieren.«

»Was soll das heißen?«

Sergej sah ihn noch immer nicht an. Nicht einmal sein Mund bewegte sich richtig. Es war, als würde eine fette Holzpuppe mit Ilya reden.

»Ist nicht gut.« Die Worte tropften aus Sergejs Mund heraus wie eine zähe Teigmasse.

»Was soll das heißen? Dass wir auf alles zu feuern haben, was in unseren Abschnitt kommt? Warum?«

»Gestern Luftraumverletzung in den östlichen Abschnitten. Das ist alles. Präsident hat gesagt: Rote Linie.«

Ilya rutschte auf seinem Sitz zurück. Er schüttelte ungläubig den Kopf.

Sergej bewegte sich noch immer nicht. Als würde er mit bloßen Augen die Küste beobachten und nach Truppenbewegungen absuchen.

»Die werden doch nicht so dumm sein, Flieger über die Grenze zu schicken.«

»Wäre nicht das erste Mal«, sagte Sergej. Aber Ilya war zu sehr mit seinen Gedanken beschäftigt, um darüber erstaunt zu sein, dass sein Kamerad ungefragt plötzlich einen ganzen Satz von sich gegeben hatte.

»Ja, aber es wäre das erste Mal, dass wir einen von denen runterholen… Wer weiß, wie die darauf reagieren. Es hat immer klar geheißen, dass…«

»…dass das eine Kriegserklärung ist«, vollendete Sergej den Satz und sah Ilya dabei ins Gesicht.

Während der Zeit, in der Ilya den Mann kannte, hatten ihm Sergejs ausdruckslosen und müden Augen niemals Angst gemacht. Jetzt aber, als Ilya in diese Maske reinen Stumpfsinns, ja, schlimmer noch, der vollkommenen Gleichgültigkeit sah, war das anders.

Die vier abschussbereiten Raketen kamen zum Stehen und ragten jetzt steil in die Luft. Ilya und Sergej hatten das System hochgefahren und in Alarmbereitschaft versetzt. Durch die Luke des Feuerleitstandes, durch die Sergej geklettert war, sie danach noch einmal kurz geöffnet hatte und jetzt einen erhobenen Daumen herausstreckte, blinkte grün das Licht der Radarschirme und der Konsolen, die in dem engen Leitstand oberhalb der Fahrerkabine ihres Fahrzeugs angebracht waren.

Ilya steckte sich eine Zigarette an und versuchte seine Nervosität zu verbergen. Er musste jetzt sofort wissen, was passiert war. Er zog sein Telefon aus der Tasche, durchsuchte das Internet, aber ohne Erfolg. Erneut wählte er die Nummer seines Vorgesetzten. Das Signal brach nach dem ersten Läuten ab.

»Das darf doch nicht wahr sein…«, murmelte er, saugte gierig den beruhigenden Rauch in die Lungen und hielt die

Luft an, ehe er ihn langsam wieder durch die Nase entweichen ließ.

»Funk geht wieder!«, rief Sergej plötzlich aus dem Feuerleitstand, ohne sich herauszubeugen. »Sollen schießen, wenn NATO-Flugzeuge eindringen.«

»Die spinnen doch!« Ilya spuckte aus. Kurz danach hörte er Sergejs lautes Fluchen. Und dann war klar warum: Ein Alarmsignal heulte im Inneren des Fahrzeugs auf.

»Was ist?«, rief Ilya und warf die Zigarette weg. »Was ist los?« Er stieg die Leiter hoch und steckte den Kopf in den Leitstand.

Sergej antwortete nicht. Er schien wieder der Stimme in den Kopfhörern zu lauschen, während er auf den Radarschirm starrte.

»Was zum Teufel ist da los?«, wiederholte Ilya, zog die Luke hinter sich zu und trat hinter seinen Kameraden. »Hast du wieder eine Verb…«

Mitten im Satz verstummte er. Auf dem Radar sah er einen Fleck, der sich sehr schnell ihrer Position näherte. Hastig sah er sich nach freien Kopfhörern um. »Das ist keiner von uns«, stellte er fest.

»Unbekanntes Flugobjekt in den Luftraum eingetreten. Moment…« Sergej griff an den Kopfhörer und nickte. »Ja. Ja, verstanden.« Er legte einen Schalter um und tippte Befehle in die Konsole.

»Fertig machen zum Abschuss«, sagte er schließlich trocken. »Wenn auf Fünfzehn herankommen sollte, wir müssen schießen.«

»Zum Abschuss? Bist du wahnsinnig?« Ilya stolperte zwei Schritte zurück.

Sergej drehte sich um. »Das ist ein Befehl!«

»Nein«, sagte Ilya. »Nein, das kann ich nicht.«

»Was bist denn du für einer?«, maulte Sergej und drehte sich zur Konsole, um noch etwas einzutippen.

»Sergej, das können wir nicht tun. Nicht bei der Situation, in der sich die Politik…«

»Ooooh, verstehe«, unterbrach ihn sein Kamerad böse lachend, ohne aufzusehen. »Jetzt bist du einer von den hohen Herren Politiker. Verstehe. Jetzt bist du einer von denen.«

»Verdammt, Sergej, bei allem, was zuletzt passiert ist, eskaliert das. Das ist sicher ein Fehler. Die NATO würde niemals…«

»Schnauze halten! Befehl ist Befehl!«

»Hör mir zu!«

»Nein!«, schrie Sergej, riss die Kopfhörer herunter und sprang auf. »Du blöde Sau!«

Er fasste Ilya grob am Kragen und schüttelte ihn. »Du bist Soldat der Russischen Föderation. Du hast einen Befehl. Führ ihn aus! Sonst kommst du vors Kriegsgericht.«

Ilya starrte ihn an. Er sah sich bereits in einem Arbeitslager in Sibirien Kohle schaufeln und Steine klopfen. Ganz plötzlich wurde ihm schlecht.

»Aber das könnte Krieg bedeuten«, presste er zwischen den Zähnen hervor.

»Das bedeutet gar nichts. Wer in fremde Luftraum eindringt, muss rechnen mit Konsequenzen. NATO weiß das.«

»Du hast keine Ahnung, was dann passiert. Alle warten doch nur auf so was.«

»Aber du schon? Halt die Schnauze und mach deine Arbeit!«

»Ich kann das nicht zulassen, Sergej. Ich will nicht verantwortlich sein für einen Kriegsausbruch.«

»Verräterschwein!« Sergej spuckte ihm ins Gesicht und stieß ihn zurück, sodass er hart gegen die Lukentür schlug. Dann setzte er sich zurück an die Konsole und legte die Kopfhörer wieder an.

»Objekt nähert sich. Distanz 18. Noch drei bis kritische Linie.«

»Nein«, murmelte Ilya.

»17,5. Noch etwas über zwei… Ja. Verstanden.«

Ilya raffte sich auf und stürzte sich von hinten auf seinen Kameraden. Er umfasste ihn, schob den Unterarm unter sein Kinn und drückte ihn an sich.

»Hör auf du dummer sibirischer Bauer!«, schrie er. »Hör sofort damit auf!«

Sergej antwortete nicht. Stattdessen ergriff er Ilyas Arm, riss ihn nach unten und drehte sich über die ächzende Sessellehne hinweg um.

»Du Bastard«, schrie er und holte aus. Ilya duckte sich, aber Sergej rammte ihm die Faust in den Bauch, dass er zusammenklappte. Aus den Kopfhörern ertönten leise blecherne Stimmen.

»Komm zur Vernunft!«, brüllte er Sergej an. »Bitte!«

»Vernunft?«, brüllte der zurück, packte Ilya am Hemdsärmel und schlug ihm mit voller Wucht die Faust ins Gesicht. »Vernunft? Hier hast du Vernunft!«, schrie er.

Ilya hörte metallisches Knirschen, spürte einen Luftzug, der an seinen Kleidern zerrte, und wurde dann durch die Luke ins Freie getreten. Einen Augenblick glaubte er zu schweben, ehe er hart auf der gefrorenen Erde aufschlug. Im Rücken spürte er einen Stich, die Luft blieb ihm weg.

Er wollte atmen, aber seine Lungen weigerten sich. Er glaubte, gleich ersticken zu müssen. Sekundenlang rang er nach Luft, griff sich an den Hals, riss den Mund weit auf.

Und endlich: Unter Schmerzen konnte er den Sauerstoff einsaugen. Tränen nahmen ihm die Sicht, er konnte kaum aufstehen, musste krabbeln, aber er durfte jetzt keine Zeit verlieren. Stöhnend kroch er zur Fahrerkabine, die direkt unter dem Feuerleitstand lag. Von oben, durch die angelehnte Luke, hörte er ein dumpfes »Verstanden. Fertig zum Feuern.«

Ilya riss die Tür auf, schob sich mit einem gequälten Aufschrei auf den Fahrersitz, griff nach dem Lenkrad und der Armatur und aktivierte die Motorzündung.

Der Wagen blinkte kurz auf, ein lautes Brummen schüttelte das Panzerfahrzeug durch, die Scheinwerfer flackerten. Dann war nur mehr das leise Pfeifen des Windes, der über die Halbinsel zog, zu hören. Bis die Luke zum Feuerleitstand aufgeworfen wurde.

»Drecksau!«, brüllte Sergej. Ungelenk stieg er herunter, krachte auf die Erde wie ein Koloss und stapfte zur Fahrerkabine. »Was fällt dir ein!«

Er zog Ilya am Kragen aus dem Fahrzeug, drückte ihn auf den Boden und holte weit aus. Er schlug ihm so kräftig ins Gesicht, dass es knackte. Ilya zuckte zusammen. Sergej holte zum zweiten Mal aus und schlug wieder zu. Die mächtige Pranke fühlte sich an wie ein Betonblock.

Nach dem dritten Schlag zuckte er nicht mehr. Sergejs Gesicht war zu einer rot brennenden Fratze geworden, er wollte gerade noch einmal die Faust zurücknehmen, als ihm eine ferne Fliegersirene Einhalt gebot.

Er sah sich um. Er wandte sich nach Norden, nach Osten, nach Süden und schließlich blickte er hinauf in den Himmel. Mit zusammengekniffenen Augen suchte er ihn ab, und wirklich, da war sie. Die Militärmaschine, ein Eurofighter, bewegte sich mit rasender Geschwindigkeit auf sie zu und donnerte über sie hinweg, sodass es in den Ohren dröhnte, als sie schon längst über sie hinweggeflogen war.

Ilya sah nur undeutlich mit seinem von Blut und Tränen verschwommenen Blick, wie sich kleine Lichtpunkte von den anderen, weit entfernten Abwehrbatterien der benachbarten Grenzabschnitte lösten und in den Himmel stiegen, um dem Jet hinterherzujagen.

Noch immer hockte Sergej auf ihm. Er schien vergessen zu haben, dass er ihn nach wie vor am Kragen gepackt hielt. Der Flieger verschwand im Norden, gefolgt von den Lichtpunkten der Abfangraketen, die nur langsam aufholten. Einige Sekunden geschah nichts, absolut nichts. Ein eisiger Wind fegte über die Halbinsel und die Sonne sah zu, als es irgendwo bei Sewastopol eine Explosion gab. Sergej erschrak so sehr, dass er Ilya losließ.

Im nächsten Moment stieg ein kleiner Feuerball auf. Es dauerte lange, bis das dumpfe Grollen der Detonation zu ihnen herübergetragen wurde.

*

Das Ehepaar saß auf der Couch, während draußen der Regen eines schweren Wolkenbruchs auf den akkurat gemähten Rasen einschlug. Zwei leere Weingläser standen auf dem Wohnzimmertisch. Die breite Fensterfront ließ das dunkle Zwielicht des Unwetters tief in den Raum greifen und sich an den Wänden ausbreiten, an denen sich Familienbilder neben Diplomen und Fortbildungszertifikaten des deutschen Neurologenbundes aneinanderreihten. Im Fernsehen lief eine Sondersendung. Die Nachrichtensprecherin wirkte ernst, aber sehr professionell.

»…ist es am Vormittag im Norden des Schwarzen Meeres zu schweren Kampfhandlungen zwischen NATO-Verbänden und russischen Truppen gekommen. Wir beobachten eine Situation, die in ihrer Sprengkraft die schwierigsten Momente des Kalten Krieges wohl sogar noch übertrifft. Es ist zu einem offenen Schlagabtausch gekommen, über Opferzahlen ist noch nichts bekannt. Bekannt ist aber, dass das Gefecht inzwischen beendet ist und sich die Marinetruppen der NATO, die ein großes Übungsmanöver im Schwarzen Meer abhielten, in Richtung rumänischer Küste zurückgezogen haben. Ich begrüße nun Anna Soll, unsere Chefredakteurin, für eine Einschätzung der Lage. Ja, Frau Soll, wie kann man die Situation zusammenfassen? Muss man mit einer weiteren Eskalation rechnen? Und steht uns vielleicht sogar ein Krieg zwischen den NATO-Ländern und Russland bevor?«

Die Chefredakteurin war auffällig blass, als sie antwortete: »Die Lage ist bereits eskaliert. Es ist der schlimmste anzunehmende Fall eingetreten. Was genau vorgefallen ist, können wir noch nicht mit Gewissheit sagen. Aber es ist wohl ein NATO-Kampfjet, der in den Luftraum um Sewastopol eingedrungen ist, darin involviert. Was genau danach vorgefallen ist, wissen wir zu diesem Zeitpunkt nicht. Und überhaupt, ob das wirklich stimmt und ob es sich dabei tatsächlich um den eigentlichen Auslöser handelt, ist momentan noch nicht bestätigt. Es reiht sich aber ein in eine Serie von Ereignissen, die in den vergangenen Tagen und Wochen zu dieser Auseinandersetzung geführt haben. Ich habe kurz vor der Sendung mit Regierungsvertretern gesprochen, die mir bestätigt haben, dass die Lage sehr, sehr ernst ist. Die Telefone sämtlicher Diplomaten, Regierungen und Botschaften laufen in der gegenwärtigen Situation heiß.

Man erreicht kaum jemanden. Aber es heißt – ich meine, das ist noch inoffiziell –, es sieht jedenfalls so aus, als rechne man mit einer weiteren Eskalation in diesem Konflikt. Und da ist auch die große Gefahr einer nuklearen Option ausdrücklich mitgedacht, wie hinter vorgehaltener Hand aus gut informierten Kreisen mitgeteilt wird.«

Das Ehepaar hatte sich auf der Couch nicht bewegt. Das große Wohnzimmer, in dem Jana und Adam saßen, wirkte plötzlich bedrohlich und grell, obwohl nur indirekte Beleuchtung herrschte.

»Wir müssen irgendetwas tun«, sagte Jana.

Ihr Blick wanderte zur Treppe, die in das Obergeschoss des Hauses führte, wo ihre beiden Töchter vor dem Einschlafen noch einem Hörbuch lauschten.

Sie spürte, wie ihre Augen nass wurden, und wunderte sich gleichzeitig, wieso sie keine Schnappatmung bekam. Wieso ihr Herz nicht wie wild gegen die Brust schlug oder ihr schwindlig wurde. Adam sagte nichts.

»Ich frage mich, was jetzt passiert.«

Ihr Mann war bis zur Sofakante vorgerutscht, hatte die Ellbogen auf die Knie gestützt und sah gebannt auf den Bildschirm.

»Adam?«

»Das ist dort passiert«, sagte er langsam, ohne den Blick abzuwenden, »wo Hermann im Einsatz ist.«

»Du… Du meinst… Moment. Was meinst du?«

»Ja, das ist dort, wo Hermann auf Übung ist.«

»Ernsthaft?«

Adam drehte sich zu ihr um. Er sackte kraftlos zur Seite, griff nach dem Wohnzimmertisch, rutschte aus und fiel auf den hellen Florteppich.

»Adam, was hast du?«

Er wollte antworten, aber der Wein, von dem er reichlich getrunken hatte, ergoss sich in einem großen Schwall auf den Fußboden.

Adam konnte sich nicht und nicht beruhigen, hätte ihr aber auch gar nicht sagen können, was ihn so erregte. Dass er so ganz außer sich geraten war, machte seiner Frau Angst. Schließlich drückte Jana ihrem Mann zwei Valium in den Mund und verfrachtete ihn ins Bett. Fiebrig und schwitzend war er rasch eingeschlafen. Sie hatte ihre Töchter hingelegt, hastig noch zwei Gläser Wasser getrunken und vom Sofa aus die Nachrichten verfolgt, ehe sie in einen unruhigen Halbschlaf sank.

Plötzlich schreckte sie auf. Sie nahm im ersten Moment bloß verzerrte Farbschemen wahr, ehe das Bild etwas klarer wurde. Es waren Aufnahmen eines weißen Lichtballs, der in einen schwarzen Himmel aufstieg, die dann von anderen Bildern abgelöst wurden. Und schließlich eine verwackelte Einstellung, die von einem gleißenden Licht zerrissen wurde.

Sie schloss die Augen, und als sie wieder richtig sehen konnte, erkannte sie, wie ein Feuerball, eine kleine, sich rasch ausdehnende Sonne, eine Landschaft zerfraß, wie Staub und grob zerpulverte Erde und Beton in die Luft flogen und sich zu einer schwarzen und orangenen Säule bis in den Himmel türmten.

Als sie endlich vollends zur Besinnung kam, war die furchtbare Szene, dieser Albtraum, vorbei. Jetzt war wieder ein Nachrichtenstudio zu sehen. Der Deutsch-Italiener, der seit 2016 die Tagesthemen moderierte, blickte entgeistert in die Kamera. In den Händen hielt er eilig ausgedruckte, lose A4-Blätter und wartete auf das zu späte O.k. der Regie.

»M… Meine Damen und Herren«, stotterte der sonst stets souveräne, routinierte Anchorman Kai Zanetti und rang nach Fassung. »Die Bilder, die wir soeben gesehen haben, stammen aus der Ukraine. Die letzte Aufnahme ist nicht klar verifiziert, k… klar aber ist, dass das, was sie zeigen soll, allem Anschein nach wirklich passiert sein dürfte. Meine Damen und Herren, es gibt dringenden Anlass zur Annahme, dass es im Ukrainekonflikt zum Einsatz einer taktischen Kernwaffe gegen eine Militäreinrichtung gekommen ist. Seit Stunden überschlagen sich die Ereignisse, seit Meldungen bekannt wurden, dass es auf der Halbinsel Krim zu Luftraumverletzungen und schwerwiegenden Folgegefechten gekommen sein soll. Mit der Explosion dieser verhältnismäßig…«

Er las etwas von seinen Notizen ab, sah wieder hoch und stotterte erneut. »…k…kleinen Atombombe ist aber eine neue Eskalationsstufe erreicht. Wir…«

Jana sprang vor Schreck auf, wurde aber durch eine Kreislaufschwäche wieder zurück auf die Couch geworfen und kroch dann etwas benommen über die Sitzfläche auf die andere Seite. Auf allen Vieren legte sie den Weg zur Treppe zurück. »Adam«, flüsterte sie. Mit zitternden Gliedern stieg sie die Stufen zum Schlafzimmer hinauf, während im Fernsehen der Moderator bemüht war, seine Nerven nicht vollends zu verlieren.

Er griff sich ans Ohr, lauschte einen Augenblick der Regie, während aus dem Obergeschoss des Einfamilienhauses ein gellender Schrei ertönte.

»Nein!«, schrie Jana entsetzt. »Nein! Adam! Hilfe! Um Gotteswillen, Adam…?!«

Im Wohnzimmerfernseher nickte der Moderator kurz und wandte sich wieder an das Publikum.

»Wie ich soeben höre, gibt es bereits einen Kommentar des russischen Außenministers zu diesem Vorfall. Für später ist außerdem ein Statement des Bundespräsidenten angekündigt. Von der deutschen Regierung gibt es noch keine Stellungnahme, man versucht, sich ein Bild der neuen Lage zu verschaffen«, erklärte der Moderator im Studio, während das Trippeln kleiner Füße im Flur des Obergeschosses zu hören war.

Die Kinder kreischten, Jana brüllte »Rettung« und »Anrufen!«

Das wiederholte sie immer wieder und wurde übertönt vom haltlosen und hysterischen Schluchzen ihrer Töchter.

Im Fernsehen hatte der Moderator die Blätter flach vor sich hingelegt und die Hände ineinander verschränkt, um ihr Zittern zu bändigen.

»Wir zeigen jetzt einen Bericht über die Spannungen und vergangenen Zwischenfälle in diesem multinationalen Konflikt. Und schließlich auch, wie die jüngsten Ereignisse, die zu dieser Katastrophe geführt haben, hier einzuordnen sind. Danach darf ich den Leiter unserer Außenpolitikredaktion bei mir im Studio begrüßen«, sagte er, deutete ein Nicken an und hörte in seinem Ohr die trockene Stimme der Aufnahmeleitung: »Drei, zwo, eins… wir sind raus.«

Kai Zanetti zog sich den Stöpsel aus dem Ohr, stand auf und knickte leicht ein, als eines seiner Knie einen Moment nachgab. Er sah zu den Kameraleuten hinüber, die ihn und auch einander ratlos anschauten. Es waren blasse Gespenster mit fahlen Gesichtern und dunklen, tief in den Höhlen liegenden Augen. Kai sah sich einen Moment lang um. Sein Blick schweifte durch das Studio, konnte aber nirgends einen Halt finden. Benommen stolperte er hinaus, griff sich an den Magen, den Bauch, und krümmte sich einen Augenblick. Auf dem Flur kam ihm der Regieassistent entgegen.

»In zwölf Minuten wieder auf Sendung«, sagte er knapp und schlüpfte an ihm vorbei. Die Augen des Assistenten waren nichts weiter als nass vibrierende, dunkel gerötete Murmeln. Kai nickte bloß, bog zu den Toiletten ein und stellte sich an das erste Pissoir. Er öffnete seine Hose, hielt inne und drehte sich zu den Kabinen. Er konnte sich nicht erinnern, wann er zuletzt etwas gegessen hatte, aber was es auch war, es musste sofort heraus.

Seine Innereien krampften, Schweiß perlte auf seiner Stirn, während er auf der Toilette saß und zitternd seinen Twitter-Feed hinunter scrollte. Die Nachrichten überschlugen sich.

»BBC: Nuclear detonation in Eastern-Ukraine. Number of casualties not official.«

»FAZ: Neue Aufrüstungsspirale und gegenseitige Überbietung von Drohgebärden als Ursache.«

»Jürgen Todenhöfer: Größtmögliche Katastrophe.«

»POTUS: Most serious moment in the history of mankind.«

»RTV: NATO-aggression leading to multinational conflict. Russia trying to deescalate.«

»ZEIT.de: Multinationaler Konflikt seit Jahren absehbar. Ursachen und Akteure zahlreich.«

»Reuters: Situation absolutely chaotic. Most serious international conflict since WWII very likely, according to Harvard-Professor.«

Kai schüttelte den Kopf, wollte seine Ex-Frau und die Kinder anrufen, aber er wusste nicht, was er ihnen sagen sollte. Er wusste nicht einmal, ob er etwas sagen konnte.

Also wischte er weiter nach unten, während die stechenden Schmerzen in seinem Bauch sich endlich ein wenig lösten.

»N24 News: Großmächte USA, China und Russland machen mobil.«

»APA: Numerous rocket-launches. Possibly nuclear missiles.«

»Werbung: Der neue BMW. So muss leben.«

»Bundeszivilschutzamt: Es wird dringend empfohlen, laufend Nachrichten zu verfolgen. Aber wir rufen die Bevölkerung auf, von Panikkäufen oder dem Verlassen der Städte abzusehen. Es gibt keinen Grund.«

»SZ: Aktivierung von Raketensilos in den letzten Wochen zum Zweck der Abschreckung fällt den Weltmächten jetzt auf den Kopf.«

Und zwischen all den Nachrichten, deren Inhalt er bereits kannte, kamen jetzt aktuelle News hinzu.

»BBC breaking: Coup in Taiwan. China under suspicion.«

»DPA: Landnahme im Südchinesischen Meer. Volksrepublik China nutzt weltpolitisches Chaos, um Grenzen neu zu ziehen.«

»WELT.de: Der chinesische Tiger holt zum Schlag aus.«

Kai sah auf die Uhr. Noch vier Minuten bis zum Sendungseinstieg. Er zwang sich unter Schmerzen, sein Geschäft zu beenden, stützte sich auf den Papierspender, um leichter aufstehen zu können, rutschte ab und knallte mit der Stirn gegen die Kabinentür. Es war ihm egal.

Hektisch suchte er nach dem Telefon, das ihm aus der Hand geglitten war, wusch sich die Hände und trat auf den Flur. Vor dem Studio wartete die Chefin vom Dienst. Die Falten in ihrem braun gebrannten, schmalen Gesicht waren noch tiefer geworden. Ihre fettigen Haare hatte sie zu einem Schweif gebunden. Sie war vollkommen am Ende. Nur ihre stechend blauen Augen strahlten ein wenig Zuversicht aus. Ein unbeschreibliches Arbeitsethos hielt sie immer noch aufrecht. Ihre Mundpartie umspielte so etwas wie grimmiger Trotz. Seit sie sich vor vielen Jahren als Kriegsberichterstatterin einen Namen gemacht hatte, war das ihr Markenzeichen.

»Hier, das Aktuellste. Günther ist schon verkabelt. Das sind die Fragen.«

»Hast du von China gehört?«, fragte er und merkte, wie fremd sich die eigene Stimme plötzlich anhörte.

Sie nickte.

»Frida, ich weiß nicht, wie lange ich noch durchhalte. Ich bin seit fast sieben Stunden auf Sendung.«

Sie fasste an seine Schulter. »Du machst das!«

Sie schob Kai ins Studio, dann nahm sie sich einen Atemzug lang Zeit, um die Augen zu schließen, nachdem er verschwunden war. »Gut. Weiter jetzt«.

Während sie zurück in Richtung Regieraum eilte, zog sie ihr Telefon aus der Tasche und wählte die Nummer ihres Mannes. Er hob nicht ab. Sie versuchte es am Diensthandy.

»Auswärtiges Amt, Abdic«, hörte sie seine Stimme.

»Ich bin es.«

Kurzes Schweigen. Im Hintergrund dumpfes Durcheinanderreden. »Entschuldige. Ich habe nicht auf das Display geschaut. Ich kann jetzt gerade nicht.«

»Karl«, sagte sie, »sag mir die Wahrheit. Bricht hier gerade der dritte Weltkrieg aus?« Die Frage klang so absurd, dass sie fast lachen musste, als sie sie stellte.

»Ich habe so was noch nie erlebt. Weder die Russen noch die Amerikaner sind wirklich erreichbar. Es… Ich kann dir nichts Genaueres sagen.«

»Verdammt Karl, ich muss es wissen. Ich behalte es für mich. Muss ich Sam jetzt in Sicherheit bringen?«

»Deutschland ist nicht direkt gefährdet. Noch nicht«, antwortete er knapp.

»O.k. Ich muss jetzt auflegen«, gab sie zurück, während sie sich in den Regieraum drängte, wo ihr das grelle Licht der unzähligen Bildschirme entgegenschlug, vor denen die Produktionsmitarbeiterinnen hockten. Er würde ihr nichts verraten.

»Frida«, hielt er sie auf. »Ich will mich nicht scheiden lassen!«

»Ich muss jetzt auflegen«, wiederholte sie, verbiss sich einen zynischen Nachsatz und schüttelte den Kopf, als sie auflegte.

»Auf die Drei Schalten«, wies sie die Regisseurin an und lauschte dem Gespräch mit dem Außenpolitikchef der Redaktion. Kai hatte sich wieder im Griff und wirkte nicht ganz so desorientiert, wie vor dem Nachrichtenblock.

»…begrüße ich unseren Leiter der Außenpolitik-Redaktion, Günther Nemes. Günther«, sagte Kai und verfiel in seinen jahrzehntelang antrainierten Moderationston, »wie können wir den Vorfall in der Ukraine bewerten? Was haben wir gesehen?«

»Nun, der Größe der Explosion zufolge dürfte es sich mit großer Wahrscheinlichkeit um eine Kernwaffe mit begrenzter Sprengkraft gehandelt haben. Man spricht von taktischen Kernwaffen, die eigentlich dazu dienen, Truppenbewegungen aufzuhalten. Sie sind keine klassischen…, nun,

Städtezerstörer. Getroffen wurde eine Stadt in einer zuletzt immer wieder heftig umkämpften Provinz in der Ostukraine. Was jetzt passieren wird, weiß keiner.«

»Was zu dieser Eskalation beziehungsweise zum Einsatz von Kernwaffen geführt hat, kann niemand genau sagen. Aber in Expertenkreisen gilt der Konsens, dass der Faktor Mensch die größte Bedrohung für eine nukleare Auseinandersetzung darstellt. Wie würden Sie das einschätzen?«

»Nun, wie Sie richtig sagten, wissen wir nicht mit Bestimmtheit, was letztlich der Auslöser war. Was aber klar ist: Allein in den USA sind 100.000 Menschen mit der Herstellung, der Verwaltung und der Sicherung von Nuklearwaffen beauftragt. Von diesen 100.000 Personen werden jährlich drei Prozent aufgrund von Depressionen, psychischen Erkrankungen oder Suchtmittelmissbrauch gekündigt. Das sind 3.000 Menschen. Weltweit sind das noch viel mehr. Was ich damit sagen will: Es reicht, wenn einige wenige Menschen einen Fehler machen oder im Zustand geistiger Verwirrung etwas Falsches tun. Bei einer weltpolitisch so angespannten Situation wie der, die sich seit Jahren aufgebaut hat, reicht das aus, um einen Dominoeffekt auszulösen, der von einer Katastrophe zur nächsten führt. Und wie es aussieht, erleben wir gerade einen solchen Effekt. Solchen Situationen ist die Welt im Kalten Krieg nachweislich mehrfach nur um Haaresbreite entgangen. Manchmal durch Zufall, manchmal aufgrund der Entscheidung einer einzelnen Person, wie zum Beispiel in den Sechzigern durch einen russischen Marineoffizier, der sich weigerte, einen Abschussbefehl auszuführen. Es scheint aber, dass diesmal eben kein glücklicher Zufall die Welt davor bewahrt hat. Es…«

*

Die Stimmen des Moderators und seines Interviewpartners waberten durch das menschenleere Wohnzimmer, in dem noch immer die zwei leeren Weingläser auf dem niedrigen Tisch standen. Aus dem Obergeschoss drang nur ein leises Wimmern. Auf das Klingeln der Eingangstür reagierte niemand. Es klingelte erneut. Und dann noch einmal.

Jana kam mit zerrauften Haaren und verquollenem Gesicht langsam die Treppe herunter. Als sie öffnete, blendete sie das rotierende Blaulicht eines Rettungswagens.

Vor ihr standen drei Personen in neongelben Jacken mit roten Aufnähern. Auf ihnen stand »Arbeiter-Samariter-Bund Frankfurt«.

»Guten Abend«, sagte der junge Sanitäter. »Wo ist er denn?«

Sie sah nach oben. Der Notarzt, ein Mann mit Halbglatze und unreiner Haut, drängte sich an ihr vorbei. Ebenso die Sanitäterin, die hinter ihrem jüngeren Kollegen gewartet hatte. Jana trottete hinterher. Sie spürte einen dumpfen Schmerz in ihrem Magen, als sie die Stufen neben dem Fernseher hinaufstieg und sich dabei an der Wand abstützen musste.

Als sie oben war, trat die Sanitäterin soeben aus dem Badezimmer und schüttelte den Kopf, ohne sie direkt anzusehen. Jana reagierte mit einem lauten Schluchzen, drohte zu fallen und hielt sich am Handlauf der Treppe fest. Eine helfende Hand schlug sie aus, wischte stattdessen mit dem Unterarm über die triefende Nase und richtete sich auf.

»Ich muss zu meinen Kindern«, sagte sie heiser und trat ins Kinderzimmer, wo eine Nachttischlampe den Raum in ruhiges Licht tauchte. Ihre ältere Tochter, Meret, lag zusammengekauert mit dem Rücken zur Tür im Bett und starrte die gegenüberliegende Wand an. Anja, die jüngere, saß daneben und umklammerte ihren Stoffhasen.

»Geht es Papa gut?«, fragte sie ängstlich und sah zu ihrer Mutter auf. Jana antwortete nicht. Sie setzte sich zu ihr, zog sie an sich und strich ihr sanft über den Kopf. Anja begann zu schluchzen. Jana suchte mit der freien Hand nach Meret, die sich sofort zu ihr umdrehte und ihre Hand umfasste wie ein Stillkissen. Sie weinte leise.

Es war unmöglich zu sagen, wie viel Zeit vergangen war, als es klopfte.

»Entschuldigen Sie«, flüsterte der junge Sanitäter, der vorsichtig seinen Kopf ins Zimmer streckte. Seine dicke Jacke raschelte bei jeder Bewegung. »Würden Sie bitte kurz... Nur einen kleinen Moment.«

Jana schälte sich zwischen ihren Kindern heraus, warf einen besorgten Blick auf ihre völlig apathischen Töchter und schlüpfte dann in den Flur.

Die Tür zum Badezimmer war geschlossen. Im Wohnzimmer unten, man konnte über das Geländer wie von einer Galerie hinuntersehen, spiegelte sich der grell flackernde Fernseher im Glas des Wohnzimmertisches.

»Wir müssen zum nächsten Einsatzort. Die Polizei ist schon da und wird gleich heraufkommen. Auch die Bestattung ist benachrichtigt. Möchten Sie, dass wir die Kollegen vom Krisenteam be...«

»Ist mein Mann...?«, unterbrach ihn Jana unsicher. Der Sanitäter, auf seiner Jacke stand Üldirim, sah sie einen Moment lang irritiert an. Dann nickte er betroffen. Sie hatte verstanden, senkte den Kopf und hob verzweifelt die Hände.

Üldirim fasste sie an den Schultern, sie griff nach seiner Jacke, er ließ es geschehen und umarmte die Frau. »Mein Beileid«, hauchte er leise. Jana bewegte sich nicht.

Behutsam löste er sich von ihr, sah zur Schlafzimmertür und sagte: »Gehen Sie dort nicht hinein… Bitte.«

Dann drehte er sich um, stieg die Stufen hinunter ins Erdgeschoss, ging ins Wohnzimmer und sah zur verglasten Eingangstür hinüber. Dort standen zwei Polizistinnen, die ihm zunickten und eintraten. Während sie an ihm vorbei nach oben gingen, atmete Üldirim tief durch und schüttelte den Kopf.

Im Fernseher liefen Nachrichten. Die Bilder von Explosionen und Raketen und Soldaten wurden von einer gefassten Stimme aus dem Off kommentiert.

»Dabei kann aber momentan nicht gesagt werden, ob der Sprengsatz von Russland oder von Separatisten gezündet wurde. Oder ob es sich doch nur um einen Unfall handelt. Klar ist aber, dass es fast zeitgleich, oder eigentlich kurz davor, zu heftigen Gefechten…«

Üldirim suchte die Fernbedienung, schaltete das Gerät aus und legte sie auf die Couch zurück. Dann verließ er das Einfamilienhaus, ging an dem Polizeiauto vorbei und setzte sich auf den Beifahrersitz des Rettungswagens. Mit einem tiefen Seufzer zog er die Tür hinter sich zu. Paula, die Fahrerin, legte den Gang ein und fuhr los, dem vorausrasenden Notarztwagen, der zwei Blocks weiter bereits mit Blaulicht um die Ecke bog, hinterher.

»Also ganz im Ernst«, sagte sie und drückte sich einen ihrer Nikotinkaugummis aus der Packung, während sie das Lenkrad mit dem Oberschenkel fixierte, »wer hängt sich denn bitte mit dem Kabel seines Haarföhns auf?«

Üldirim gab keine Antwort.

»Also echt jetzt. Wenn ich mich schon im Badezimmer umbringe, dann setze ich mich doch gleich mit dem Ding in die Wanne. Ich glaub der Kerl hat das Konzept des Föhns als Selbstmordinstrument nicht ganz begriffen.« Sie lachte auf. »Und das von einem Hirndoktor. Da erwartet man sich schon etwas mehr Grips.«

Üldirim sagte immer noch nichts. Sie sah ihn kurz von der Seite an, ehe sie ihren Blick wieder auf die Straße richtete. »Aber ich bitte dich! Jetzt sei doch nicht so!«

»Er war Vater von zwei Töchtern.«

»Mhm…« Paula räusperte sich. Sie wurde ernst. »Der hat sich sicher nicht ohne Grund verabschiedet. Die Polizistin hat gesagt, dass die Kripo und der Verfassungsschutz sich gemeldet haben und bereits auf dem Weg sind.«

Üldirim war nicht nach Reden zumute.

»Hör mal«, sagte sie schließlich etwas sanfter. »Du musst dich daran gewöhnen.« Sie lenkte das Auto gegen eine Einbahnstraße und wechselte die Fahrbahnseite.

»Ich weiß«, gab er leise zurück.

»Du musst das jetzt einfach vergessen. Wir haben nämlich einen schweren Herzinfarkt in der Börsenstraße. Der verdient unsere volle Aufmerksamkeit. Das da hinten kannst du wieder ausgraben, wenn du im Bett liegst«, erklärte sie, kratzte sich am Stirnansatz ihrer Kurzhaarfrisur, aktivierte das Folgetonhorn und passierte die rote Ampel an einer Kreuzung.

Nach einiger Zeit des Schweigens setzte sie nach. »Warum machst du das, wenn es dir so schwerfällt?«

»Ich habe niemanden, der mir mein Medizinstudium finanziert.«

Paula seufzte. »Es ist hart, aber anders geht es nicht. Du musst dich daran gewöhnen. Sonst kannst du diesen Job nicht machen.« Sie lenkte um eine Kurve und verriss das Fahrzeug wenige Meter vor einem Radfahrer. »Und abgesehen davon«, sagte sie und beschleunigte wieder, »hat sich das alles vielleicht ohnehin bald erledigt… Sag mal, welcher Idiot fährt um diese Uhrzeit noch mit dem Fahrrad ohne Rücklicht durch die Gegend?« Sie sah kurz in den seitlichen Rückspiegel, wo der schimpfende Radfahrer immer kleiner wurde.

»Was hat sich bald erledigt?«

»Die Menschheit«, lachte Paula, »hörst du denn überhaupt keine Nachrichten?«

»Ich bitte dich, das ist doch lächerlich. Es wird keinen neuen Krieg geben.«

»Wie kann man so naiv sein? Krieg gibt es auch zwischen den Großmächten schon seit Jahren. Er wurde meist halt nur im Internet geführt. Und in der Wirtschaft. Jetzt ist er eben in der echten Welt angekommen.«

»Ja, aber bei einem echten Krieg würden Kernwaffen eingesetzt werden«, sagte Üldirim, »und das könnte das Ende von uns allen bedeuten. Das will doch niemand. Deswegen haben wir schon seit Jahrzehnten Frieden.«

»Ja, zufälligerweise gleich lang, wie es die Kerntechnik gibt. Aber dass nicht auf immer und ewig Frieden bleiben wird, ist doch ebenso logisch. Friede ist die Ausnahme. Das Absurde daran ist, dass je länger der Frieden dauert, es umso wahrscheinlicher wird, dass er wieder endet. Und nicht umgekehrt. Ah, wir sind da. Mach dich bereit.« Sie hielt nach einem Sicherheitsstreifen und sprang aus dem Wagen.

*

Einige Stunden später überquerte ein Mann in einem blauen Slimfit-Anzug denselben Sicherheitsstreifen. Er eilte zielstrebig durch den Morgenverkehr, wobei er sich das Telefon fest ans Ohr drückte. Die Stadt war aufgewacht, die Boutiquen und In-Lokale im Börsenviertel hatten wieder geöffnet, die Menschen gingen zur Arbeit, fuhren in die Schule, wischten über ihre Smartphones, hörten Musik.

»Ja, nein, es ist eine völlige Katastrophe«, sagte der Anzugträger und blinzelte gegen das Sonnenlicht, das sich in den Fensterauslagen spiegelte.

»Nein, die Börse bleibt heute geschlossen. Wir rechnen mit unvorstellbaren Kurseinbrüchen. Also in einer Dimension, die es so noch nie und ich meine wirklich *nie*, gegeben hat.« Er lauschte angestrengt und blieb an einem Kaffeestand stehen, wo er einen To-Go-Becher »schwarz und groß« orderte.

»Nein, mich interessiert nicht, was der Präsident gesagt hat… N… nein. Nein, ich…« Er zahlte, nahm seinen Becher, der viel zu heiß war, und fluchte. »Jetzt… Jetzt… Moment mal. Ich… Jetzt… Herrgott, jetzt lass mich doch einmal ausreden«, schrie er entnervt ins Telefon.

»Ja, ich habe auch gelesen, was der Präsident gesagt hat. Aber ich habe mich schließlich noch um eine Firma zu kümmern, das ist alles. Dunkelste Stunde seit 45 hin oder her. Wenn, w…« Gerade noch konnte er einem Mädchen auf ihrem E-Scooter ausweichen, das ihn überholte. Er stolperte und verbrühte sich mit dem überschwappenden Kaffee.

»Fuck!«, schrie er und ließ das Telefon fallen. Sein Fluch drang hinüber bis zur Terrasse von Starbucks am Börsenplatz, wo aber kaum jemand aufsah. Die meisten Leute, die dort saßen, starrten auf ihre Smartphones, tippten irgendetwas ein oder telefonierten. Nur eine junge Frau mit Aktentasche und einem harten Gesichtsausdruck zuckte zusammen, blickte verwirrt auf und konzentrierte sich dann wieder auf ihr Telefon. Auf dem Bildschirm lief die Liveübertragung einer Pressekonferenz der Regierung. Hinter einem Stehpult war dort ein adretter Mann mit sorgfältig gekämmtem Haar zu sehen, der die Fragen der Presse beantwortete.

»...können wir zum gegenwärtigen Zeitpunkt auch nicht sagen. Nächste Frage bitte... Ja?«

»Claudia Kess, dpa. Stimmt es, dass der Bundeskanzler nicht geschäftsfähig ist? Ich meine, wir warten schon seit Stunden auf seine Stellungnahme, während sich die Ereignisse überschlagen.«

Der Regierungssprecher hinter dem Pult räusperte sich. »Ähm, nein. Das ist so nicht korrekt. Wie Sie sich vorstellen können, arbeiten wir im Kanzleramt unter Hochdruck. Die Stellungnahme des Kanzlers verzögert sich bloß. Sie ist nicht abgesagt. Nächste.« Er deutete mit der Hand in das Plenum.

»Anatol Geier, FAZ. Gibt es bereits Erkenntnisse darüber, ob es stimmt, dass ein Soldat der deutschen Bundeswehr das Flugzeug gestern gesteuert hat? Und wenn ja, was sind die Beweggründe seiner Tat?«

»Darüber können wir zum gegenwärtigen Zeitpunkt nichts sagen. Es gibt momentan wesentlich drängendere Fragen als die nach dem finalen Auslöser. Nächste.«

»Hanna Starr, ARD. Vor zwei Minuten hat der amerikanische Außenminister getwittert, dass Feuer mit Feuer vergolten wird. Heißt das, dass die USA den Einsatz von Kernwaffen befürwortet?«

»Ich… Ich bin Regierungssprecher der deutschen Bundesregierung. Sie werden verstehen, wenn ich darauf nicht…«

»Ja, aber Herr Teuber, bedeutet das«, hakte die Redakteurin nach, »dass die deutsche Bundesregierung mit weiteren Einsätzen von Kernwaffen auf russischer beziehungsweise auf amerikanischer Seite rechnet? Oder wird es bei diesem einen Zwischenfall von gestern bleiben?«

»Dazu kann ich nichts sagen.«

»Ich frage Sie! Wie schätzt die Bundesregierung die Gefahr eines nuklearen Präventivschlags durch Russland, China oder die USA ein? Und besteht Gefahr für Deutschland? In der Eifel sind genauso wie in Italien nach wie vor Atombomber der NATO stationiert.«

»Ich…« Er griff sich an den Krawattenknoten. »Ich…«

»Klaus, ich bitte Sie, reden Sie schon«, rief Hanna Starr. Klaus kannte sie seit zwölf Jahren. Jetzt sprach sie aber nicht mehr als knallharte Journalistin, er war davon überzeugt, dass sich jetzt eine Mutter um das Wohlergehen ihrer drei Kindern sorgte.

»Wie wahrscheinlich ist das?«, wiederholte sie.

»Z… Ziemlich«, murmelte er leise.

»Wie bitte?«, riefen unzählige Anwesende gleichzeitig. Klaus Teuber fasste sich wieder. Er blickte in zahlreiche Kameras und Mikrofone und in ängstliche Gesichter. »Wir halten Sie am Laufenden. Danke… Danke«, sagte er, zwängte sich hinter dem Pult hervor und verließ mit gesenktem Kopf eilig den Raum.

Die Disziplin der Anwesenden explodierte in einem Chaos aus Fragen, lauten Rufen und wütenden Protesten. Seine Assistentin drückte ihm sein Telefon in die Hand, während sie rasch an einem Securitymann vorbeigingen, dann den langen Flur im Eiltempo durchquerten, der sie vom Presseraum weg zu einem Seitenzimmer führte.

Zwei, drei Mitarbeiter arbeiteten hier in roboterhafter Geschwindigkeit an ihren Laptops rings um einen großen Tisch verteilt, der sonst als Besprechungszimmer des Regierungsstabs diente.

Auf zwei TV-Schirmen in den Ecken unter der Zimmerdecke liefen die Nachrichten des Öffentlich-Rechtlichen. Er sah, wie die Redakteurin Hanna Starr in die Kamera sprach, im Hintergrund das leere Podium, von dem er gerade geflüchtet war.

Klaus sank auf ein Sofa, Karin, seine Assistentin, setzte sich neben ihn. Beide schwiegen.

»Die Leute spüren, dass wir ihnen das Schlimmste verschweigen«, sagte Karin schließlich, den Blick vom Fernsehschirm abwendend.

»Gibt es was Neues vom Kanzler?«, fragte er, ohne auf ihre Worte zu achten.

»Während du am Pult gestanden hast, hat er alle aus seinem Büro geworfen und sich dann eingesperrt. Martin hat gesagt, er arbeite nun schon seit fünfzehn Jahren für ihn, aber in so einem Zustand hätte er ihn noch nie gesehen. Nicht einmal ansatzweise. Er scheint einen Nervenzusammenbruch zu haben.«

»Ich glaube, dass ich gerade indirekt meinen Job gekündigt habe«, antwortete Klaus, als würde er seine Assistentin nicht verstehen. Sie griff nach seinem Knie, es war ihr egal, wer sie sehen würde. »Klaus, denkst du, dass das jetzt noch wichtig ist?«, fragte sie.

Er nahm ihre Hand und flüsterte: »Nein!«

Eine Sekunde lang streifte sein Blick das Partei-Abzeichen, das am Revers seines Sakkos steckte, dann nahm er es ab. Karin befreite sich von der Akkreditierung, die um ihren Hals hing. Klaus löste seine Krawatte und zog sie aus dem Kragen. Sie standen auf, gingen Hand in Hand Richtung Ausgang und warfen das inzwischen wertlose Zeug in den Papierkorb, als sie den Raum wieder verließen.

Auf dem Bildschirm darüber sah Hanna Starr in die Kamera und sprach in ihr Mikrofon. »…können wir also nicht sagen, was mit dem Bundeskanzler los ist. Ich höre gerade, dass die Pressekonferenz auf einen unbestimmten Zeitpunkt verschoben wurde.«

Es wurde wieder zurück ins Studio geschalten. Die Moderatorin saß dort, wo Kai Zanetti vor wenigen Stunden noch in die Kamera gestottert hatte. Sie fragte die Redakteurin, die eingeblendet wurde: »Frau Starr, können Sie uns sagen, wie die Stimmung unter den anwesenden Journalistinnen und Journalisten ist?«

»Ja, hier herrscht allgemeine Ratlosigkeit. Die Meldungen, die permanent über die internationalen und nationalen Kanäle reinkommen, überstürzen sich im Moment. Es geht uns hier so wie Ihnen. Die Situation ist einfach völlig unübersichtlich. Zuletzt wurde aus dem Auswärtigen Amt vermeldet, dass… Moment. Ich höre gerade… Einen Moment noch...«

Die Redakteurin beugte sich zur Seite, verschwand kurz aus dem Bild und kehrte dann wieder zurück.

»Ich höre gerade, dass Klaus Teuber, der Regierungssprecher, den wir vor wenigen Minuten noch hier am Podium befragt haben, das Gebäude verlassen haben soll. Scheinbar… Entschuldigung, eben ist wieder eine neue Meldung hereingekommen…«

»Meine Damen und Herren…« Die Moderatorin im Studio drehte sich wieder zur Kamera. Die Liveschaltung in das

Bundeskanzleramt erlosch hinter ihr. »Wir haben soeben die Meldung erhalten, dass es zu mehreren Abschüssen von Interkontinentalraketen in Russland gekommen ist. Es scheint sich…« Sie griff sich ans Ohr. Ihre Gesichtszüge entglitten ihr.

»Um Gotteswillen. Das kann ich nicht sagen«, sagte sie halblaut und schlug sich mit der Hand auf den Mund. Im Regieraum starrte Frida Abdic, die Chefin vom Dienst, über den Aufnahmeleiter, der vor ihr saß, hinweg in den zentralen Bildschirm des Studios. Der Aufnahmeleiter wiederholte, was er der Moderatorin eben gesagt hatte.

»Sag: Es scheint einen nuklearen Präventivschlag zu geben. Begeben Sie sich zu Ihrem eigenen Schutz unverzüglich in ein sicheres Gebäude. Am besten in einen Keller! Sag: Verlieren Sie keine Zeit. Sag: Das ist eine Anweisung der Bundesregierung. Sag…«

Frida verließ den Raum. Ihr Mann hatte angerufen.

»Ja«, sagte er mit heller Stimme.

»Was ja?«, fragte Frida.

»Sam soll schauen, dass er sofort in einen Keller kommt. Und du auch. Wir wissen nicht, was als Nächstes passieren wird.«

»Was ist los? Ist Deutschland wirklich auch davon betroffen? Warum?«

»Ich muss jetzt auflegen. Frida, ich liebe dich.«

»Karl, wage es ja nicht, jetzt aufzulegen! Ich warne dich! Karl!«

Frida starrte einen Augenblick lang ihr Display an. Es wurde schwarz. Während des Gesprächs war sie zu einem der großen Fenster im Flur getreten und hatte hinausgeblickt. Die Stadt wirkte friedlich. Doch dann heulte aus zahlreichen Lautsprechern ohrenbetäubend der Zivilschutzalarm auf.

Sie zuckte zusammen, als eine Tür aufgestoßen wurde, Menschen drängten sich an ihr vorbei. Aus dem Stiegenhaus hörte sie abgerissene Satzfetzen und hastige Schritte.

»Wie hat das alles nur passieren können?«, rief jemand.

»Ist das nicht völlig egal, was der Auslöser…«

Jemand schrie hysterisch etwas Unverständliches in die Menge. Irgendwer schluchzte laut auf.

»Wovor rennen wir eigentlich…«

»Was genau passiert…«

Frida stand unbeweglich zwischen den durch die Flure und aus den Büros strömenden Menschen, die wie von unsichtbarer Hand getrieben nur nach unten wollten, immer nur weiter nach unten. In das Archiv im Keller. Sie bekam davon überhaupt nichts mit und starrte noch immer wie gebannt aus dem breiten Panoramafenster. Ein glühender, kleiner Ball stieg dort draußen aus dem bewölkten Himmel herunter, zog einen breiten, weißen Schweif hinter sich her und flog über die Stadt Richtung Westen.

*

Üldirim hatte seine Sanitäterjacke abgelegt und rauchte am Dach des Krankenhauses eine Zigarette. Er hatte seine Schicht beendet, den Rucksack geholt und das Buch für die Anatomievorlesung, die er später besuchen wollte, aufgeschlagen. Er verschüttete den Kaffee, den er neben sich auf die Brüstung des Daches in einem Becher abgestellt hatte, weil ein lautes Zischen ihn herumfahren ließ. Über ihm schoss ein glühender Himmelskörper zwischen Wolkenfetzen heraus und zog nach Westen.

*

Jana zeigte keinerlei Reaktion. Sie hob nicht einmal den Blick, starrte stattdessen nur auf die Platte ihres Terrassentisches, an dem zwei Beamte des Verfassungsschutzes saßen. Sie hatten sich umgedreht, einer von ihnen hatte die Hände fassungslos über dem Kopf zusammengeschlagen, während sie zusahen, wie die Rakete von Osten nach Westen durch den Himmel über Frankfurt schnitt.

*

Der Mann im Frankfurter Börsenviertel hatte den Aktenkoffer irgendwo liegen lassen. Er stand in seinem leeren Büro im neunzehnten Stock und verfolgte fasziniert den Flug der Rakete. An das Ohr gedrückt hielt er sein Mobiltelefon, durch das eine laut kreischende Stimme drang. Er hörte sie nicht.

Die Rakete verschwand genauso schnell, wie sie aufgetaucht war. Die Menschen unten auf der Straße wuselten wie Ameisen ahnungslos durcheinander und den strahlend blauen Himmel bevölkerten schwarze Vogelschwärme.

Und dann explodierte in der Eifel ein weiß brennendes Licht, das sich rasch ausbreitete. Es war einer von vielen Kernsprengköpfen, die in diesen Minuten rund um den Erdball detonierten.

*

Nachdem Hermann Eichstätt tags zuvor in seine Maschine geklettert war, hatte es nicht sehr lange gedauert. Nach neun Minuten Flugzeit hatte er den Luftraum des NATO-Manövers verlassen und war in das Hoheitsgebiet der russischen Marine eingedrungen. Er hatte seinen Kampfjet Richtung Festland gelenkt, den Funk deaktiviert und die Augen geschlossen. Auf seinem Telefon fand man später Textnachrichten, die ein enger Freund geschrieben hatte. Ein Frankfurter Neurologe, der ihm wenige Tage zuvor einen Privat-Termin für eine Computertomografie verschafft und eine Diagnose gestellt hatte. Im Browser des Telefons, der zuletzt am Morgen der Katastrophe aufgerufen worden war, fand sich die Suchanfrage: »Glioblastom / Hirntumor / Lebenserwartung«

Im Cockpit seines Eurofighters hatte der deutsche Pilot vier Minuten und zwölf Sekunden darauf gewartet, von Abwehrraketen des russischen Militärs abgeschossen zu werden. Als er knapp vor Sewastopol war, wollte er aber nicht mehr länger warten und steuerte sein Flugzeug in steilem Winkel auf die Erde.

Die NATO-Maschine explodierte in einem Vorort. Der vierzig Meter breite Feuerball zerstörte vier Mehrfamilienhäuser. Elf Menschen starben, zwei Dutzend wurden zum Teil schwer verletzt.

Ein General der Russischen Föderation befahl daraufhin den Gegenschlag. Hermann Eichstätts Selbstmord war dafür der Auslöser gewesen.

Die Anzahl an internationalen Zwischenfällen war in den Jahren davor dramatisch angestiegen. NATO-Truppen unter US-Führung hatten ihre Übungen und Präsenz im

Schwarzen Meer ausgebaut, im Gegenzug hatte die Russische Föderation in der Ostukraine ebenso massiv aufgerüstet.

In den wenigen Tagen und Stunden, die der Menschheit noch vergönnt waren, bevor alles vollkommen dunkel wurde, sprach man zuerst von einer schrecklichen Tragödie. Dann von einem fatalen Fehler. Und schließlich von einem unglücklichen Zufall.

Irgendein besonders gewitzter Journalist schrieb: Der Pilot hatte einfach nur einen schlechten Tag. Und der Verantwortliche für den Gegenschlag auf der russischen Seite ebenso.

SCHLUSSWORT

Die Reihe »Apokalyptica« will dystopische Erzählungen und Kurzgeschichten veröffentlichen. Anzahl und Inhalt der Rückmeldungen durch die Leserschaft entscheiden darüber, ob noch weitere Bände erscheinen werden.

Am wichtigsten sind Rezensionen und Bewertungen auf Amazon, handelt es sich doch um exklusiv auf Amazon publizierte Geschichten. Aber auch Empfehlungen auf Social Media, in Blogs oder im Familienkreis sind ein gutes Feedback.

Darum meine Bitte: Wenn es Ihnen gefallen hat, teilen Sie das mit. Am besten im Internet. Am besten via Amazon.

Neuigkeiten zu vergangenen und zukünftigen Projekten erfahren Sie auf Social Media oder über die Homepage www.jdalexander.de

Ich danke für Ihre Unterstützung.

JD Alexander | im Juni 2022

JD Alexander

Wege in die Hölle
Untergang

ENDZEIT-THRILLER

330 Seiten, KDP 2019

»Zuletzt war von einem Virus die Rede gewesen…«

Plötzlich bleibt seine Zellentür geschlossen. Immer weniger Wärter tauchen auf. Nachrichtensperren und Einzelhaft werden verhängt. Von einer tollwutähnlichen Pandemie und dem völligen Zusammenbruch Europas wird gemunkelt. Die Gerüchte, die von einem Knastfenster zum anderen gelangen, sind katastrophal. Als die ersten Häftlinge erkranken, wird Tom klar, dass es um Leben und Tod geht. Er muss ausbrechen, wenn er seine Familie jemals wiedersehen will. Er muss vorbei an der verriegelten Zellentür und den letzten Wärtern. Vorbei an den anderen Insassen, allesamt Schwerverbrecher, die ihre ganz eigenen Pläne verfolgen. Dann bleiben auch noch Strom und Wasser weg. Eine Revolte bahnt sich an. Und die Schreie in der Dunkelheit werden lauter…

Derweil entkommt die Studentin Bianca nur knapp einem Inferno. Die ersten Wochen nach dem Ausbruch der Krankheit hat sie sich in einer kleinen Wohnung versteckt. Jetzt irrt sie schutzlos durch eine Welt, die nicht mehr die alte ist, durch ein zerstörtes Land, in welchem jeder sich selbst der Nächste ist, in dem das Recht des Stärkeren gilt und das geplagt wird von wahnsinnig gewordenen Infizierten, die mit bloßen Händen alles zerreißen, was ihnen in die Quere kommt.

JD Alexander

Wege in die Hölle
Kollaps

ENDZEIT-THRILLER

200 Seiten, KDP 2017

„Ein Buch der besonderen Art. Hier wird die Hölle aber echt mal beschrieben."
MK262

Als erste Meldungen eines besonders aggressiven Magen-Darm-Virus die Runde machen, denkt sich Daniel nichts dabei. Die Semesterferien sind zu Ende und bald geht die Uni wieder los. Auch seine Nachbarin Sara zeigt sich eher unbesorgt, obwohl sie selbst Krankenschwester ist. Jedoch greift die Krankheit rasend schnell um sich und bringt die Gesellschaft an ihre Grenzen. Jene Infizierten, welche dem Virus nicht erliegen, leiden immer wieder unter massiven Wutausbrüchen.

Sie gefährden nicht nur ihr eigenes Leben, sondern auch jenes ihrer Nächsten, während der Kontinent im Chaos zu versinken droht. Als schließlich erste Erkrankte im direkten Umfeld Saras auftauchen, beginnt sie zu ahnen, in welche Katastrophe die Welt stürzt. Es beginnt ein erbarmungsloser Kampf ums Überleben, in dem die Menschen fürchten müssen, von ihren eigenen Angehörigen und Freunden zerfleischt zu werden, wenn diese einen ihrer Anfälle erleiden. Aber nicht nur dieser permanente Horror zerreißt die Bevölkerung. Hinzu kommt die ständige Gefahr einer Infektion, des Verhungerns oder Erfrierens, wenn das System endgültig zusammenbrechen sollte.

Printed in Poland
by Amazon Fulfillment
Poland Sp. z o.o., Wrocław

92411318R00134